Londres Decamerone

Historia en novelas

Herstellung und Verlag:
BoD – Books on Demand, Norderstedt
Copyright: 2017 Karl Heinz Landenberger
ISBN 978-3-7460-5645-6

Un día en Londres

I like London (1.1)

Esta es una ciudad en la cual la historia está presente como en ninguna otra.

El primer día de mi estancia fui a dar un paseo por Hyde Park. Empecé caminando por Lancaster Gate, pues había alquilado un apartamento cerca de allí. Londres se destaca por sus parques. Yo solo había visto este verde exuberante, fruto del clima húmedo, en los alrededores de los Alpes. En el parque abundaban atletas y corredoras atléticas; casi todos corrían con las piernas al descubierto pues, si bien el otoño ya estaba avanzado, la temperatura era muy suave.

Los londinenses adoran a los perros; pueden llevar hasta seis perros, de a tres en cada mano. Sin embargo, en ningún lugar se ven excrementos. Así de disciplinados son los ingleses. Todo lo contrario a los franceses; en el sur de Francia, en la Costa Azul, uno camina esquivando excrementos al andar por entre los complejos vacacionales más prestigiosos.

El follaje todavía colgaba de los árboles, muchos arbustos estaban en flor y el ciclamen silvestre crecía a sus alrededores. Y así, paseando por jardines italianos maravillosos y lagos encantadores, llegué finalmente al Speaker's Corner. Me habría encantado ser fotógrafo para poder retratar tanta belleza y luego publicarla como "Impresiones de Londres". Todo aquello que había visto hasta entonces en televisión me pareció incapaz de alcanzar la grandeza que experimenté aquí, en directo.

Speaker's Corner

Él llamó mi atención enseguida. Estaba parado junto a un pequeño grupo de gente que oía y miraba a un hombre tatuado por todo el cuerpo; este último se iba quitando lentamente la ropa, señalando y contando la historia de cada tatuaje, al tiempo que gritaba: "I'm a human being" –aunque nadie lo había puesto en duda.

Parece que yo también desperté la atención de este oyente destacado, pues él vino hacia mí y me habló directamente. No dijo "Where are you from", ni tampoco "What's your name"; no, él quiso saber cómo juzgaba yo al orador. Y bueno, para ser sincero, no soy amigo de los tatuajes. No entiendo cómo alguien puede desfigurar su cuerpo de esta manera. Sobre los comentarios no pude decir gran cosa. El hombre tatuado hablaba de las cuatro libertades que, según el presidente estadounidense Franklin Delano Roosevelt, todo hombre debía tener, y por las cuales los soldados estadounidenses entraron en la Segunda Guerra Mundial.

Bohemians of Bigger London

El hombre que se me había acercado –y todavía era desconocido– lo sabía mejor que yo; me explicó que los tatuajes grabados en la piel estaban inspirados en los cuadros del pintor estadounidense Norman Rockwell. También me contó que el hombre de los tatuajes lleva años haciendo el mismo espectáculo y que él lo conocía personalmente. Ambos formaban parte de un grupo vagamente unido, los "Bohemians of Bigger London", quienes a veces también trabajaban juntos y organizaban actuaciones y eventos en bares y cafés.

El papel de la persona que acababa de conocer consistía, sobre todo, en contar historias, anécdotas, chistes e historias particularmente extrañas. Tenía mucho talento lingüístico, era un políglota y podía contar historias en casi todos los idiomas. Por eso su apodo era "Tusitala, el que cuenta miles de historias". Ese era el nombre que los samoanos una vez dieron al autor de "La isla del tesoro", cuando aquel pasó sus últimos días en Samoa.

Hyde Park

Mientras conversábamos caminamos por el Lago Serpentine, llegamos hasta el Albert Memorial y continuamos hacia el magnífico palacio de Kensington, donde una vez residió la reina Victoria –la misma que dio su nombre a una época entera– y pasamos por el monumento a la princesa Diana. También vimos el monumento a Peter Pan, lleno de fantasía, y terminamos finalmente en mi punto de partida: la puerta de Lancaster. Nos entretuvimos tanto al conversar que al final terminamos de nuevo en Speaker's Corner.

Conversaciones políticas (1.2)

Freedom from fear

Nuestra conversación giró en torno a las cuatro libertades. Freedom of speech, freedom of worship, freedom from want y freedom from fear, la cuarta libertad. Esta cuarta libertad fue una promesa que el presidente estadounidense hizo a la humanidad: crear un mundo libre de miedo una vez que se hubiese restablecido la paz después de la Segunda Guerra Mundial. Él había prometido al mundo esta Pax Americana cuando los Estados Unidos todavía no habían entrado en la guerra. La promesa era la siguiente: nunca volvería a haber guerra, la paz mundial debería reinar y Hitler sería eliminado; una paz mundial bajo el liderazgo estadounidense. Ahora bien, Estados Unidos debía primero entrar a la guerra.

Entrada en la guerra

Churchill no podía desear más este momento, pues Inglaterra, tras la derrota en Dunkerque y la rendición de Francia, no podría haber continuado sin la ayuda estadounidense. Sin embargo, el pueblo de Estados Unidos no tenía ningún deseo de volver a participar en una guerra mundial después de la Primera Guerra Mundial. Ahora bien, Churchill tenía muy claro que Inglaterra no podría ganar ninguna guerra europea; solo podía ganar una guerra mundial junto a los Estados Unidos. Es más, Roosevelt ya se lo había prometido en 1932: "Vamos a destruir a Alemania, y esta vez será para siempre".

Norman Rockwell

El pintor norteamericano ilustró esta cuarta libertad en un cuadro misterioso. El hombre de los tatuajes lo llevaba en su pecho; en la parte más visible, por así decirlo. Un niño y su hermanita yacen enfermos en camitas, uno junto al otro. El padre y la madre, parados junto a ellos, se preocupan por los niños dormidos.

Interpretación

Los padres preocupados son las dos potencias mundiales: el tío Sam y Britannia. Los niños confían plenamente en ellos y la sociedad, de manera similar, no debe tener miedo de estas dos potencias mundiales. Ellos cuidarán y protegerán a todos los pueblos. Sin embargo, primero hay que desarmarlos, para que así no hagan guerras entre sí. Un mundo sin armas ya no podría iniciar guerras y, además, la salvación y el bienestar estarían garantizados exclusivamente por Estados Unidos y el Reino Unido. El desarme afectaría en primer lugar a Alemania: "Nunca más un alemán tendrá un arma en la mano". Después Japón tendría que rendirse incondicionalmente y renunciar a cualquier armamento militar.

Gradualmente, todas las demás potencias tendrían que ser desmilitarizadas.

Carta de las Naciones Unidas

Esta idea también se expresa en la Carta de las Naciones Unidas, concebida por Churchill y Roosevelt en 1941. Churchill y Roosevelt se reunieron del 9 al 12 de agosto de 1941 con el mayor sigilo en el acorazado británico HMS Prince of Wales en Placenta Bay, frente a la Isla de Terranova. Hitler había atacado recientemente a la Unión Soviética y los dos políticos asumieron que Hitler ganaría; luego de esto, podrían derrotar fácilmente a un ejército alemán debilitado, pues Estados Unidos contaba con el ejército más poderoso que cualquier estado había visto jamás; el ejército estadounidense estaba preparándose desde 1932 con la "Regla de los Diez Años" y ahora, en 1942, estaba listo para la acción. En el octavo punto de la carta del Atlántico dice lo siguiente: "Nosotros tenemos la convicción de que todas las naciones del mundo, tanto por razones de orden práctico como de carácter espiritual, deben renunciar totalmente al uso de la fuerza. Puesto que ninguna paz futura puede ser mantenida si las armas terrestres, navales o aéreas continúan siendo empleadas por las naciones que la amenazan, o son susceptibles de amenazarla con agresiones

7

fuera de sus fronteras, nosotros consideramos que, en espera de poder establecer un sistema de seguridad general, amplio y permanente, el desarme de tales naciones es esencial. Igualmente ayudaremos y fomentaremos todo tipo de medidas prácticas que alivien el pesado fardo de los armamentos que abruma a los pueblos pacíficos."[1]

Apolítico

Yo solo podía escuchar a Houston. Me contaba tantas cosas nuevas. Yo, al igual que todos en mi generación, me había criado completamente alejado de la política. Lo único que yo sabía es que, después de la derrota de Hitler, nunca más debería haber guerra. De eso estaba plenamente convencido. Era imposible imaginar que por segunda vez pudiera haber alguien así de maniático que, al igual que Hitler, quisiera hundir al mundo en semejante guerra de exterminio. Hitler era un caso absolutamente único, eso era evidente. Todos en mi escuela pensaban igual que yo, e incluso mis profesores también lo decían.

Me parecía muy altruista que los estadounidenses quisieran protegernos desinteresadamente y asumir toda la carga del armamento. Compartí estos pensamientos con mi nuevo amigo, pero él no estaba de acuerdo conmigo, pero a día de hoy he cambiado de opinión. Ese lema de "no más guerra" fue

---

[1] La traducción de la "Carta del Atlántico" fue tomada de la página de wikipedia (https://es.wikipedia.org/wiki/Carta_del_Atl%C3%A1ntico). El autor cambia el pronombre "sie" por el de "wir" del texto original y nosotros adaptamos la traducción a este cambio.

una promesa vacía de las potencias ganadoras. Con ello simplemente ocultaban su intención de dominar el mundo.

Sueño y realidad

Además, la guerra fue algo completamente diferente a lo que Churchill y Roosevelt habían imaginado. El bolchevismo no fue aplastado, sino todo lo contrario: Stalin se fortaleció e, incluso, salió victorioso de esta guerra. Él fue quien ocupó Berlín; no fueron los estadounidenses, ni los ingleses. Él se tomó el centro de la capital y cedió voluntariamente apenas unos pocos sectores al occidente de la ciudad.

Chiang Kai-shek no derrotó a los japoneses en el Pacífico y los estadounidenses tuvieron que intervenir para que cayeran. El generalísimo perdió incluso a la China continental, precisamente aquella que Mao Zedong, el nuevo aliado de Stalin, había conquistado durante "la Gran Marcha". Y así, por consiguiente, el bolchevismo se impuso también en el oriente. Lo único que quedó al final de la República de China fue la pequeña isla de Taiwán, la antigua Formosa.

Dos nuevas potencias mundiales emergieron después de la guerra. Los Estados Unidos y el Reino Unido tuvieron que compartir el poder mundial con ellos. Tuvieron que concederles a ambos el mismo derecho de veto en la ONU. Ya no eran dos, sino cuatro los que estaban a cargo. Esto significa que la guerra por el poder se mantuvo gracias a la paz eterna.

El único resultado de la guerra fue la destrucción total de Alemania y Japón.

Operation Unthinkable

Churchill reconoció que "mató al cerdo equivocado" y quiso continuar con la guerra un día después del tratado de paz de mayo de 1945. Ordenó reunir las armas pertenecientes a más de cinco millones de soldados alemanes capturados. Estas deberían ser devueltas, para que así los soldados pudieran continuar la guerra contra los rusos junto con los estadounidenses y los ingleses. Ahora bien, los generales estadounidenses no estuvieron de acuerdo. Si bien la superioridad material era enorme, el desembarco en Normandía y las batallas en el occidente fueron mucho más difíciles y desastrosas de lo esperado. La guerra no podría haberse continuado ininterrumpidamente. Se llegó entonces a la Guerra Fría. Todo lo contrario a lo sucedido en el Lejano Oriente.

Una guerra tras otra

La guerra en el Pacífico continuó precisamente en el lugar donde había comenzado, en Corea, donde Estados Unidos había suministrado a Chiang Kai-shek dinero y armamento para luchar contra Japón. Y después, cuando Estados Unidos quiso ocupar estas ricas colonias después de la expulsión de los japoneses, los coreanos se resistieron. El pueblo coreano terminó pagando por las operaciones militares estadounidenses: tres millones de muertos, todos coreanos. Y, además, Corea del Norte permanece invicta hasta hoy. Solo hay una tregua que puede romperse en cualquier momento. De momento, la situación es particularmente delicada.

Después siguió Vietnam, quien no quería permitir que el poder colonial francés volviera a establecerse. Estados Unidos quiso aprovechar esta oportunidad para establecer allí su propio poder. Sin embargo, a pesar de tantas crueldades –como, por ejemplo, las de las bombas de napalm–, Estados Unidos no pudo salir victorioso.

Estados Unidos está implicado en la intervención en Irán, la guerra contra Sadam Hussein en Irak, Serbia, el ataque a Gadafi en Libia, el armamento de la oposición siria que desencadenó la guerra civil y en más de mil doscientas intervenciones militares. Ese fue el resultado de la promesa de un mundo sin miedo y la realización del sueño de una paz eterna.

Podría decirse, al igual que hizo Brecht, que el "sueño de la paz ya no es un sueño, sino una dura realidad".

Costa Azul (1.3)

Recuerdo

Estas conversaciones permitieron que cogiéramos confianza con una rapidez sorprendente. También aprendí mucho sobre su familia, su infancia y su juventud. Aprendí que él se opuso desde muy temprano a los deseos de sus padres y que, contrariando la tradición familiar, se negó a estudiar en Oxford y a seguir una carrera exitosa, prefiriendo ser primero un vagabundo y trotamundos y luego ser un escritor independiente. Durante la adolescencia disfrutó bastante acampando con amigos en la costa mediterránea francesa. A ambos nos invadieron los recuerdos. Así recordamos que nosotros, apenas unos años después de la Segunda Guerra Mundial, nos encontramos en Niza, en la playa frente al Negresco.

En aquella época la playa todavía estaba llena de guijarros y grava gruesa. La arena se trajo mucho después. Hoy en día, todos los hoteles y restaurantes pertenecen a ricos jeques petroleros. Él estaba en compañía de sus amigos: la bella Cynthia, Douglas y Charles. Su primer nombre era Houston. Yo fui acogido en ese trébol de cuatro hojas con el nombre de Henry. Yo tenía 16 años, 2 años menos que mis nuevos amigos, y me preguntaba seriamente si no debía abandonar mi casa burguesa para vagar por el mundo con estos cuatro londinenses.

Burguesía educada

Mis padres, amantes de la cultura, visitaron la casa del famoso impresionista Auguste Renoir y el Palacio Grimaldi en Antibes, donde Picasso pintó su famoso cuadro "La Joie de vivre", además de muchos otros lugares donde pintores famosos habían trabajado. Ellos querían conocer todos los museos y talleres famosos de los grandes pintores. El sur de Francia fue un paraíso para muchos pintores, en particular después de 1945, si bien mucho antes van Gogh y Gauguin vivieron en Arlés, en Provenza.

Artistas callejeros

Mis cuatro amigos no estaban interesados en obras hechas por otros. Ellos eran artistas. Charles esbozaba cuadros maravillosos sobre el pavimento, en su mayoría caricaturas de grandes políticos todavía en vida. El General de Gaulle, con su nariz poderosa, o Churchill, el little fat man con el cigarro. La gente que paseaba por el malecón reconocía las imágenes y arrojaba monedas en la gorra que Charles había dispuesto al lado.

Cynthia podía hacer retratos asombrosos con apenas unos cuantos trazos. Montaba su caballete, pequeño y tambaleante, y casi ninguno de los que pasaba por allí podía evitar comprar uno de sus dibujos. Sus retratos eran muy acertados.

Douglas tenía una voz muy bella y tocaba guitarra estupendamente. Él se sentaba en la pared del muelle y entonaba los éxitos más recientes. También cantaba los éxitos de Edith Piaf, como por ejemplo "Milord"[2]. Y también cantaba salomas inglesas:

> My bonny is over the ocean.
> She drank gin. He drank rum.
> I'll tell you they had lots of fun.

---

[2] El original se refiere a la canción apelando su estribillo, "Allez-venez-Milord".

Y su gorra nunca estaba vacía.

Houston era muy talentoso para los idiomas; él contaba los últimos chistes en italiano, francés o inglés, e incluso en alemán, adaptando el repertorio de acuerdo a su auditorio. Las carcajadas a su alrededor fueron siempre las más fuertes. No sé cómo se las arreglaba para resultar siempre con propinas. Yo creo que se presentaba como perseguido político; lo hacía con tanta gracia que resultaban creyéndole.

Vacaciones no forzadas

Mis cuatro amigos londinenses habían levantado su carpa en el jardín de una casa vacacional deshabitada, propiedad de un millonario. Pasaban todo el día en la playa y, cuando tenían hambre, contaban los francos acumulados y decidían si alcanzaba para una botella de vino Postillon, una baguette, algunos tomates, unas uvas y, eventualmente, un poco de jamón. Si no les alcanzaba, retomaban sus "actividades" en la Promenade des Anglais.

A los cuatro artistas nunca les llevó más de 20 minutos reunir el dinero para una comida. Para ser sincero, ellos eran muy talentosos. Me habría encantado pasear por el mundo con ellos como otro trotamundos. Mi participación en su estilo de vida fracasó, precisamente, porque yo no pude mantenerlo. Para mí era importante tener buenas calificaciones en la escuela. Pero eso era todo entonces.

Origen

Rápidamente pude hacerme también una idea de sus familias. Todos provenían de familias influyentes. Cynthia era incluso noble. Su madre era una dama en la casa real inglesa. Ella estaba emparentada con la esposa de Churchill, Clementine Hozier, quien también era noble.

Douglas estaba emparentado con el gran estadista Hamilton, quien tenía un gran terreno en el castillo de Dungavel, en Escocia, donde incluso tenía su propio aeropuerto. Por cierto, se supone que Rudolf Hess aterrizó allí en 1941.

Charles estaba emparentado con Lord Halifax, el Ministro de Asuntos Exteriores de Inglaterra, el mismo que fue invitado a cazar en el ostentoso Carinhall y era llamado "Halalifax" por Goering.

Houston estaba incluso emparentado con la importante familia de Chamberlain, la cual produjo grandes políticos y además, de la mano de Nevillle Chamberlain, también tuvo un primer ministro. No era de extrañar que estos cuatro vagabundos fueran también personas excepcionales y para nada normales.

Artistas en la vejez

Houston seguía en contacto con estos amigos; ellos vivían en Londres, al igual que él. Recientemente, Cynthia y Charles habían dado de qué hablar con una de sus imágenes sobre el pavimento de la Trafalgar Square, las cuales derivaron incluso en un juicio en su contra. Por lo demás, tenían un ingreso estable como ilustradores de libros.

Douglas tuvo menos éxito económico con su concierto para oboe y doce máquinas de escribir. Él seguía siendo músico en la calle o solista en bares y cafés.

Houston se describía a sí mismo como escritor, si bien nunca había publicado. Él planeaba una gran obra: Mil años de historia mundial en mil historias cortas. En resumen, podría decirse que a ninguno de los cuatro le iba mal; ahora bien, sin el apoyo y la herencia de sus familias ricas, ninguno de ellos habría podido mantener ese nivel de vida hasta la vejez. Habrían tenido que trabajar, como yo.

Que nuestros caminos se cruzaran fue una casualidad, tanto en Niza, tiempo atrás, como en Speaker's Corner, hoy y con Houston. Que de ahí resultase una larga amistad y un trabajo conjunto, fue parte del destino.

Pubs londinenses (1.4)

The Swan

Era hora de tomarse una cerveza. Justo al otro lado de la calle se veía un pub atractivo y lleno de tradición: "The Swan". Houston solía visitar este bar, así que allí fuimos. El patio delantero, lleno de bancos y mesas de madera, estaba vacío. Hacía mucho frío como para sentarse afuera. Pero adentro estaba muy lleno. Encontramos una mesa vacía justo detrás de la puerta principal. Una gran mesa estaba llena de compañeros de trabajo almorzando juntos. Se les ocurría todo tipo de bromas. Si el vecino de silla no se fijaba, le cambiaban un vaso lleno por uno vacío; o, si alguien se levantaba brevemente de su puesto, anudaban las mangas de su chaqueta a la silla, haciendo que fuera complicado luego ponérsela. Yo pensaba en qué tan divertido era un día de trabajo para los ingleses. El espacio interior era intrincado y estaba lleno de rincones. Una y otra vez, tumbaban y volvían a construir nuevos balcones. Una mesa llena de mujeres se encontraba a media altura, sobre unas escaleras. Entre diez y doce mujeres estaban allí sentadas y hacían juegos. Daban la impresión de ser muy emancipadas y, obviamente, ninguna de ellas debía cocinar para sus hombres.

How to get a beer

El camarero había pasado varias veces frente a nosotros y parecía no darse cuenta de que ya no teníamos más cerveza; yo estaba empezando a molestarme por eso, pero mi nuevo amigo me explicó que, en los pubs, uno mismo debe traer su cerveza. Me dirigí entonces a la barra, donde servían ocho tipos de cerveza de barril. Houston me dijo: "Tráeme también una cerveza del cuarto barril". Había que pagar la cerveza en el momento; en Londres no se llevaba la cuenta con rayas en el portavasos. Algo muy práctico, en realidad. Así se evitan problemas al hacer cuentas.

Fish and chips

Beber te da hambre y Houston sugirió que fuéramos a comer fish and chips. Esto también debía pedirse en la barra y pagarse inmediatamente. Yo quería invitar a Houston, pero me molestó un poco que me dejara pagar por su comida con tanta facilidad. El pescado, sin embargo, era muy bueno, un filete de bacalao fresco; las chips son como las papas a la francesa, algo más anchas y con casi mejor sabor, pues la relación entre blando y crujiente es más equilibrada. Mi pedido tenía un numero; este fue anotado en una banderita y luego se llevó a nuestra mesa. Poco después, el camarero balanceó una bandeja que ostentaba una banderita con el mismo número. Todo salió de maravilla. Una vez más pensé en lo prácticos que son los ingleses. Era imposible marcharse sin pagar.

Fouquet's

Aquello que sucedió en Fouquet's, en París, nunca habría podido pasarme en Londres. Un señor ya mayor, de apariencia seria y respetable, se me acercó frente al restaurante y me preguntó si podía invitarme (yo era, por aquel entonces, un "estudiante pobre"). Me quedé sorprendido, pero muy contento; ambos comimos copiosamente y disfrutamos de la abundante comida. Todo siguió bien, hasta que el generoso donante se retiró brevemente al baño; nunca volvió y yo tuve que pagar toda la cuenta.

Horca

Antes de que Houston y yo saliéramos del Swan, Houston me preguntó: "Por cierto, ¿sabías tú que hace cuatrocientos años, cuando alguien era sentenciado a la horca, recibía acá su última cena?" La horca quedaba al otro lado de la calle, precisamente donde ahora se encuentra el Speaker's Corner.

Es extraño cómo un lugar así puede cambiar su función. Precisamente allí, donde la gente acudía en masa para deleitarse con los movimientos involuntarios de las piernas de los ahorcados, la gente se ríe hoy con charlas confusas y el despliegue voluntario de las personalidades mayormente psicópatas. Es extraño que el genius loci de un lugar siga siendo fiel a sí mismo.

Como Houston es tan versado en historia inglesa y conoce tan bien su ciudad natal, le pedí que me mostrara todos los pubs antiguos y llenos de tradición. Un programa completo. Los dos teníamos tiempo: yo ya había terminado mi vida profesional y mis hijos ya se habían ido de la casa; Houston, por su lado, había persistido en su soltería durante toda su vida.

El segundo día

La casa en East End (2.1)

Paddington Station

Habíamos planeado que yo lo visitaría en su casa en East End el siguiente día. Como era de esperar, no caí en cuenta del rush hour cuando tomé mi camino. Quería salir desde la estación de Paddington Station, pero el andén estaba tan lleno que no había esperanza de subir al metro. Entonces me senté en uno de los bancos de atrás y contemplé la actividad.

Los trenes llegaban a un ritmo de 2 minutos. Desde atrás empujaba la gente a los que estaban frente a los vagones, apretujándolos tanto que era imposible hacer que cupiera una persona más. El mismo espectáculo en el siguiente tren. Fascinante. Al menos para mí, pero no para esta pobre gente, que a diario debe hacer lo mismo.

Finalmente me sometí al mismo procedimiento. Había mucha gente de pie en los vagones, bloqueando la vista, pero de todas maneras yo alcanzaba a ver algunas fotos de refugios en la parte superior de las paredes laterales: allí aparecían mujeres ayudando y dándole café o pasteles a quienes buscaban refugio. Estas imágenes conmemoran los primeros ataques aéreos de Alemania sobre Londres. Acá, una vez más, se mantenía viva la conciencia histórica. Yo no he visto recordatorios de ataques aéreos en ninguna ciudad alemana, si bien en muchos casos los daños fueron mayores.

Finalmente llegué a East End y, siguiendo las indicaciones de Houston, encontré su casa rápidamente. East End es ahora un barrio chic lleno de artistas, pero antes era el barrio más pobre de Londres. La casa de Houston se remonta a una época en la cual el lugar estaba habitado principalmente por estibadores pobres.

Archivos, notas, manuscritos

Él seguía ocupado intentando llevar algo de orden al caos de su cuarto de libros. Un comportamiento típico, si se esperan "visitas". "El orden siempre ha sido algo difícil para mí", comentó él sobre su trabajo de organización. Tal vez por esa misma razón es que yo no he podido poner orden a todas mis historias recopiladas. Eso exige demasiada dedicación. Un gran poeta lo dijo ya: "El genio consta de un 5% de talento y de un 90% de dedicación". Es posible que yo tenga el 5% de talento, pero lo que sí está claro es que no tengo el 90% de dedicación.

Saludo

Al principio quisimos brindar por nuestro rencuentro con una copa de vino. Houston tenía en su bodega vinos adorados por los ingleses, como el porto y el jerez, y también vinos blancos secos. De California, Chile y Australia. Él era un trotamundos y se desenvolvía bien en estos asuntos. Me sentí realmente cómodo y, obviamente, él también disfrutó poder hablar con alguien sobre sus problemas de escritura.

1932, año del destino

Comenzaré esta colección de relatos fijando el año del destino, 1932, y luego iré desplegando los hechos que acontecieron antes y después de esta fecha. Yo quise saber en qué medida él había elegido este año como punto de intersección, pues para mí este año carecía de todo poder simbólico. Pero él, en cambio, lo ve como un punto de inflexión en la política estadounidense. El establishment norteamericano logró impedir en 1932 la reelección del mejor presidente que jamás haya tenido Estados Unidos: Herbert Hoover; y no solo eso, también le dio el poder a uno de los suyos: Franklin Delano Roosevelt. Este le había prometido paz al pueblo estadounidense, pero su intención era expulsar a los votantes que apoyaban las ideas pacíficas de su competidor. Su verdadera intención era la siguiente: "I need a big war". Él pensaba en la guerra en el Pacífico, una guerra que Hoover había querido evitar a toda costa, y también en la guerra contra Alemania, país que quería destruir definitivamente.

Hoover

Él opinaba que una guerra de conquista era innecesaria y que no había que sacar ningún botín. "Los Estados Unidos son un país rico", decía, "solo tendremos una verdadera oportunidad de vencer la pobreza si desarrollamos nuestro campo, construimos calles y ferrocarriles y actualizamos nuestras ricas minas y nuestra industria. La tecnología moderna posibilita que cada estadounidense tenga su propia casa y pueda ser el señor de ella". Esta idea se opone al establishment, pues la gente pobre y necesitada es mucho más fácil de reprimir que una ciudadanía segura de sí misma, independiente y próspera.

Resultado de las elecciones: 37%

El mismo año en el que F.D. Roosevelt llegó al poder, 1932, el líder del partido nacionalsocialista alemán obtuvo su primera victoria electoral, con un 37% de los votos. A pesar de la oposición de todos los partidos, él fue finalmente comisionado para formar un gobierno dirigido por su partido y, además, fue también nombrado canciller del Reich.

Hitler y Roosevelt fueron grandes adversarios a partir de 1932 y lo siguieron siendo hasta el final de la Segunda Guerra Mundial. Roosevelt fue elegido por segunda vez en 1936; si bien se estipula que un presidente solo tenga dos mandatos, en 1940 fue elegido por tercera vez y, en 1944, por cuarta vez. Algo insólito en la historia de los Estados Unidos. Sin embargo, su salud estaba tan debilitada en aquel momento que no alcanzó a vivir hasta el final de la guerra, el fin de Hitler ni el de la guerra contra Japón.

El dictador

Hitler abolió el derecho al voto mediante la ley habilitante de 1933 y fue dictador vitalicio hasta su suicidio en la primavera de 1945, cuando las tropas rusas ocuparon Berlín. Que Hitler alcanzara semejante poder –aunque solo contaba con el 37 % de los votos, lo que implica que casi dos tercios de la población estaban en su contra– es casi tan sorprendente como el hecho de que ninguno de los 70 atentados planeados en su contra alcanzase su objetivo.

Múnich (2.2)

El hijo Randolph

Houston prosiguió con su relato. Churchill, viejo zorro y experimentado, fue uno de los primeros en darse cuenta de que con Hitler ingresaba un peso pesado en el teatro de la política. En un principio él juzgaba positivamente a Hitler: "Si mi propio país hubiera quedado tan devastado como Alemania después del Tratado de Versalles, yo también habría deseado a un hombre como él".

La carrera de Hitler fue tan interesante para Churchill que, desde el mismo principio, encargó a su hijo Randolph que visitara las contiendas electorales y enviara informes a Londres. ¿Qué le impulsó a tener esta sensación? Esto sucedió precisamente en una época en la que los líderes alemanes no se tomaban en serio al recién llegado e, incluso, hacían chistes sobre él.

Churchill ordenó la misión de su hijo Randolph operando como jefe del servicio secreto y, por lo tanto, esta no podía promulgarse públicamente. Como consecuencia, el hijo se hospedó con sigilo donde la familia Hanfstaengl, en Múnich.

Hanfstaengl

El señor Hanfstaengl hablaba inglés a la perfección. Él era dueño de la galería más importante de Nueva York antes de la Primera Guerra Mundial y, además, vivió allí durante muchos años. En 1916, cuando los Estados Unidos le declararon la guerra al canciller alemán, él y su familia fueron detenidos; toda su propiedad fue expropiada sin recibir compensación alguna y, además, esta fue confiscada bajo el rubro de "Values of enemy people", por el simple hecho de él ser alemán. Y nunca le devolvieron su fortuna. Por cierto, este fue el destino de todos los alemanes en EE. UU., Canadá o Australia, así como el de los granjeros de las colonias alemanas en África.

Hanfstaengl había quedado muy amargado por esta injusticia y, por ello, era uno de los más fervientes seguidores de Hitler. Como él hablaba inglés perfectamente, cultivó sus contactos en el extranjero con la "English speaking people".

Hotel Continental

Inmediatamente después de la victoria del partido de Hitler, con el 37%, de los votos Churchill quiso conocerlo; esto fue facilitado de forma sencilla y extraoficial gracias al apoyo de su hijo y de Hanfstaengl. La reunión debería parecer casual.

Por aquel entonces, Churchill estaba escribiendo un trabajo histórico sobre su antepasado John Churchill, el Duque de Marlborough. Y él, para supuestamente continuar con sus investigaciones, debía investigar sobre el papel de este en la conocida batalla de Höchstädt. Su famoso antepasado, acompañado del Príncipe Eugenio de Saboya, derrotó a Luis XIV; su victoria fue tan avasalladora que acabó con el dominio del Rey Sol en Europa.

Se suponía que Churchill estaba en Múnich para este propósito. Incluso trajo a su esposa, Clementine, para que todo pareciera más personal. Hitler solía ir en las tardes al Hotel Continental después de cada evento político; una vez acabada la cena de la familia Churchill, con el hijo obviamente presente, Hitler debería pasar casualmente por el comedor y descubrir por sorpresa a Churchill. La prensa alemana no estaba informada de la presencia de Churchill en Múnich.

¿Cooperación germano–británica?

Se ha especulado mucho sobre lo que Churchill "se traía entre manos". Según lo sugiere Hitler en "Mein Kampf", una cooperación germano–británica contaba por aquel entonces con muchos seguidores en Inglaterra; incluso el rey de Inglaterra, Eduardo VIII, apoyaba esta idea. Alemania debería establecer el orden en el continente, es decir, debería luchar contra el bolchevismo marxista–comunista y el Imperio Británico debería garantizar la libertad de los océanos.

Quizás Churchill quiso averiguar hasta qué punto Hitler era capaz de combatir el bolchevismo de Stalin.

Oportunidad perdida

La familia Churchill había terminado de cenar y ya había acabado el postre, pero Hitler, faltando a lo acordado, seguía sin asomarse. Hanfstaengl, que iba a actuar como intérprete, sospechó de algún incidente imprevisto y fue a la recepción para hacer una llamada telefónica; justo en ese momento se encontró con Hitler en el vestíbulo. "¡Por el amor de Dios! ¿Por qué no había venido? Churchill se está impacientando". Pero Hitler no tenía intención de venir. "Al menos no permita que lo vean aquí en público". Pero Hitler tampoco aceptó esto. Él hizo estallar aquella reunión, a la que él mismo había accedido, de manera flagrante.

Pregunta

¿Cuál es la razón de esta afrenta? ¿Fue solo una expresión de extrema antipatía? Para Hitler, Churchill seguía siendo únicamente el "periodista borracho". Churchill tenía, como siempre se supo, problemas con el alcohol.

¿O fue la razón el temor de que se supiera que Hitler había financiado toda su campaña electoral con fondos del Barón Rothschild? Se sabía que Hanfstaengl recogía dinero y donaciones en el mundo angloparlante para el partido de Hitler y, además, se rumoreaba que el hijo de Churchill había dado dinero en efectivo a Hanfstaengl (pues de esta manera no podía ser rastreado).

Cuando Hitler tomó el control del partido había 6 marcos y 12 peniques sin justificar en la caja del partido. El número de miembros era mínimo. Se dice que Hitler recibió el número 555 (el número del diablo). En 1932, sin embargo, ya existía esta sede ampulosa del partido en Múnich. ¿De dónde provenía este dinero? ¿Acaso Rothschild, judío, financió a Hitler, quien odiaba a los judíos? Esto sería imperdonable desde la perspectiva de los seguidores del Führer.

Antisemitismo

"Pero es absurdo que el judío Rothschild financie el antisemitismo", objeté. "Eso parece", contestó Houston. "Pero, si tienes en cuenta que Rothschild era un judío ortodoxo —no ateo, a diferencia de tantos judíos modernos— y que él fue extremadamente crítico con la asimilación de alemanes y judíos —pues de esta manera se acabaría finalmente con la identidad judía—, se hace comprensible que él deseara cierto antisemitismo.

Judíos y alemanes

La relación entre judíos y alemanes era única en aquella época en Alemania. En ningún otro lugar hubo tantos 'matrimonios mixtos'. En ningún otro lugar los judíos habían alcanzado tanto reconocimiento como escritores, actores y virtuosos del piano o el violín. Había una clase alta judía increíblemente rica; incluso un escritor del rango de Thomas Mann no vio ningún problema en casarse con la rica Katja Pringstein[3], hija de un famoso banquero judío.

Restricciones de inmigración

Rothschild deseaba desencadenar un efecto secundario: que muchos judíos tuvieran que emigrar debido a la discriminación y, además, que lo hicieran hacia Palestina.

Sin embargo, la mayoría de ellos quería ir Estados Unidos. Por esta razón acordó con Roosevelt que la cuota de judíos inmigrantes se redujera a la mitad, de 60.000 al año a 30.000.

Este hecho desencadenó muchos resultados trágicos. Por ejemplo, la familia de Anna Frank no obtuvo permiso para ingresar en Estados Unidos, si bien su madre era pariente cercana de la primera dama, Eleanor Roosevelt".

to kill Hitler

¿Cómo reaccionó Churchill a esta afrenta? "Él estaba tan enojado que declaró que Hitler sería el único blanco de cualquier decisión política. 'To kill Hitler that was the only thing I was interested in and that made all very easy'. Tuvo una oportunidad única de verme en persona. Eso nunca volverá a pasar", y así fue.

Hitler, siendo canciller del Reich, invitó a Churchill dos o tres veces al Berghof en Berchtesgaden. Pero Churchill nunca

---

[3] El nombre de la esposa de Mann era Katia Pringsheim, no Katja Pringstein. Como este evento es narrado por el personaje, es posible que el autor lo escriba así para desacreditar al personaje.

contestó a su invitación. El ególatra de Churchill no quiso, o no pudo, asimilar esta provocación. Los dos archienemigos del siglo XX nunca se vieron en persona.

Extrasensorial

Este es un cambio drástico difícil de explicar: pasar del juicio benévolo a la negación total de una persona. Es sorprendente que, ya en 1932, Churchill asociara la salvación de la humanidad a la aniquilación de Hitler. Hitler no había ocupado ningún cargo político hasta ese momento, así que todavía no había tenido ninguna oportunidad para sus legendarias atrocidades.

Poderes desconocidos deben haber ejercido su influencia en un segundo plano. Hay una historia que puede explicar esto adecuadamente, aunque parezca esotérica para algunos. Durante la Primera Guerra Mundial, al mismo tiempo y en la misma sección del frente de Flandes, los dos archienemigos se encontraban exactamente el uno enfrente del otro en las trincheras.

Churchill tuvo que dimitir después del desastre de Galípoli. Se ofreció como soldado en el frente para recuperar la simpatía. Por supuesto, habría podido elegir el casino oficial, detrás de la línea del frente, pero allí el alcohol estaba prohibido; prefirió entonces la vida sencilla del compatriota de las trincheras, pues estaba bien visto que los soldados se emborrachan en el fragor del valor.

Si bien Churchill afirmaba ser materialista de la cabeza a los pies, él se dejó introducir por Crowley en la magia negra. Crowley sostenía que el conocido signo de la victoria había sido introducido por él como un signo mágico en contra del saludo hitleriano con el brazo extendido; además de ello, también sostenía que el signo no alude a ninguna "V" de "Victory", sino a los dos cuernos de Baphomet.

Se dice que Churchill tuvo una especie de visión en la trinchera: su enemigo histórico y mundial se ubicaba enfrente, en la trinchera enemiga, pero en aquel momento él era solo un ternero; entonces, él debería crecer primero hasta convertirse en un toro poderoso antes de que Churchill pudiese enfrentarse a él.

En el lado opuesto

Hitler informa que él se encontraba con otros 10 compañeros en la trinchera y que, estando allí, recibió una orden más grande que su voluntad: debía ir a la sección adyacente de la trinchera. Poco después de que él salió, una granada cayó sobre el lugar y, cuando volvió, sus 10 compañeros ya habían muerto. Esto fue una señal para Hitler, una prueba de que su lucha no era un asunto individual, sino que él había sido elegido por la providencia para sobrevivir a esta lucha.

Terrazas del Támesis (2.3)

Londinium

Queríamos almorzar en las terrazas del Támesis. Allí hay restaurantes maravillosos con excelente cocina local e internacional. Y el lugar, además, está lleno de historia: allí, en el núcleo de Londres, los romanos decidieron instalarse. Las ruinas de la muralla pueden verse incluso a día de hoy.

Mil años después, los conquistadores normandos construyeron el castillo y el palacio real, la "Tower". Este lugar, gracias a su simple elegancia, sigue siendo fascinante. Es un lugar para meditar. Además, podíamos ir a pie. Houston siguió contándome más historias durante el camino; las historias parecían salirle a borbotones. Solo era necesaria una palabra clave para desencadenar una historia completa.

Canción satírica

"¿Sabes cómo se vengaron los franceses de su derrota en la batalla de Höchstädt?", me preguntó. "Hicieron de Marlborough el objeto de un chiste en una canción satírica; todos los niños la conocen desde la guardería.

Marlborough s'en va–t–en guerre
Il a mis ses culottes à l'envers

Él se fue a la guerra, pero se puso los pantalones al revés. Este héroe ni siquiera es capaz de ponerse los pantalones al derecho".

¿No te estarás confundiendo un poco, querido amigo? Hasta donde yo sé, la canción dice así: "le bon roi Dagobert / qui a mis ses culottes à l'envers".

Príncipe Eugenio

Ciertamente, lo que más debió haber herido al Rey Sol fue lo siguiente: precisamente el Príncipe Eugenio, quien lideraba las tropas austriacas, fue quien le informó sobre la derrota, acompañado de militares ingleses. El Príncipe Eugenio quería realmente comenzar su carrera militar con Luis XIV. Pero este únicamente se rió de él: "A un muchachito así de flaco no se le ha perdido nada en mi ejército real".

El joven príncipe se presentó posteriormente al emperador de los Habsburgo en Viena y resultó siendo uno de sus grandes comandantes; no solo triunfó contra los turcos, sino también contra la Francia imperial.

Por cierto, él provenía de una dinastía que estaba emparentada con todas las familias reales de Europa. Por eso firmaba con orgullo en tres idiomas. Él escribía su nombre en italiano, Eugenio, seguido del título nobiliario en alemán, "von", y terminaba en francés, Savoy. Casi un europeo originario.

Höchstädt

Semejantes victorias tan grandes deben, por supuesto, documentarse en consecuencia. Por esta razón, varios historiadores acompañaban a todos los ejércitos en sus batallas. Aquella fama posterior, que debería durar por siglos, solo podía garantizarse con un registro escrito. Estos funcionarios figuraban entre los mejor remunerados por los reyes ingleses y franceses. Su salario anual era el mismo que el de los generales.

Sin embargo, en la batalla de Höchstädt se puso a prueba su competencia. Ellos no podían reproducir correctamente las dos vocales con diéresis –ö y ä– en inglés. Además, había otro sonido inexistente en inglés, la "ch", acompañado de otro sonido que se atravesaba en la mitad de muchas palabras, el "scht", y que sigue confundiendo a los ingleses igual que a la gente de Hamburgo[4]. En su angustia, los historiadores

---

[4] Juego de palabras intraducible en el original: "s-pitze S-teine s-tolpern" (tropezar con piedras puntiagudas) remite al sonido "scht" y a la dificultad de pronunciarlo.

preguntaron si había un lugar en las cercanías que fuera más fácil de reproducir en inglés. Allí estaba el pueblo de Blindheim, que en suavo se dice "Blendheim" (Höchstädt está situado en el Danubio, cerca de Ulm). Este Blendheim, a su vez, fue luego reproducido por ellos como "Blenheim", pues no oyeron las "d".

Ahora bien, dadas las circunstancias, ellos solucionaron el problema lingüístico de manera pasable. De esta manera, este evento histórico es recordado entre los ingleses como "la Batalla de Blenheim". Y ese mismo nombre recibió el castillo que el rey inglés le regaló a su comandante para celebrar la victoria.

Blenheim Palace

Este magnífico palacio fue heredado siempre, hasta nuestros días, por los descendientes primogénitos del duque de Marlborough. Churchill estaba muy orgulloso de haber nacido en este palacio, si bien su padre era el tercer hermano y no poseía el palacio. Churchill consideraba que haber nacido allí tenía una carga simbólica y que, de alguna manera, le convertía en el verdadero sucesor de Marlborough.

La gran fiesta

El hermano mayor daba una gran fiesta cada año e invitaba a toda la familia. La madre de Churchill, una mujer joven, extraordinariamente hermosa y con ganas de vivir, se había casado seis meses antes con Randolphe Churchill y, como era de esperarse, no quería perderse una fiesta como esta. Ella bailaba apasionadamente, como siempre, hasta que súbitamente comenzaron los dolores de parto y se dirigió a los retretes.

Apenas alcanzó a sentarse, pues el pequeño Winston llegó de repente al mundo; por fortuna alcanzó a agarrarlo por los pies antes de que cayera al foso del estiércol.

En aquel momento interrumpí Houston y dije: "En este punto te pasaste de fantasía poética. De seguro en ese palacio ya había sanitarios para aquel entonces". "Es cierto", contestó, "lo importante es que Churchill llegó al mundo en un palacio señorial, pero precisamente en una parte de este que no es muy señorial."

Este nacimiento también plantea la cuestión de si se trata o no de un parto prematuro en el sexto mes, como siempre se supuso (la boda había tenido lugar hace unos pocos meses). Sin embargo, ya se ha aceptado oficialmente que Jenny estaba embarazada de tres meses al momento de la boda. Y la letrina se convirtió según la versión oficial, en un guardarropa o vestíbulo.

Sífilis

La segunda pregunta es si Randolphe es el padre biológico de Churchill. Como era bien sabido, él tenía una enfermedad que no lo convertía en el compañero preferido de las muchachas. Randolphe seguía vivo cuando la madre de Churchill volvió a quedar embarazada y murió prematuramente a causa de su enfermedad; lo que sí es oficial es que él no era el padre del segundo niño.

Churchill, entonces, tuvo un medio hermano. Por eso corría el rumor de que el padre biológico de Winston Churchill tampoco era el esposo de Jenny. Lo que no está claro es si Churchill lo sabía o no. De todas maneras, fue enviado poco después de cumplir su mayoría de edad donde Cockran, a Estados Unidos, quien se hizo cargo de su educación y su formación política.

Cockran fue, en su momento, uno de los políticos más importantes de Estados Unidos. Se lanzó cuatro veces a la presidencia y perdió siempre por un margen muy pequeño. Por otro lado, era un escritor muy conocido. Churchill vio en Cockran a uno de sus grandes modelos a seguir; el otro modelo fue Disraeli, un gran político inglés que también había sido un escritor importante.

Churchill, de hecho, puede ser comparado con ambos pues, aparte de trabajar como político, también fue un gran periodista y autor de libros. No en vano recibió el Premio Nobel de Literatura.

Himno bautismal

Houston me confesó que una vez jugó con la idea de escribir un musical junto a Douglas. Allí planeaba describir estas circunstancias, entre muchas otras, de manera burlona.

Para ahorrarle a Cockran las molestias causadas por un hijo ilegítimo –lo cual era imposible de evitar en Estados Unidos–, el Barón Rothschild le pidió el favor a su socio más cercano, Randolph Churchill, de que rescatara a su amigo y se casara con Jenny.

Se suponía que el musical iba a resumir todo el asunto en una estrofa de cuatro versos:

Erst kam Cockran mit dem cock ran
Dann war der vom Herrn Baron dran
Nur mit dem Ehemann war's kritisch
Dessen cock war syphilitisch[5]

Douglas tomó esta estrofa, compuso un canon para tres voces y le llamó "himno bautismal"; además, usó la melodía de la marcha del "Puente sobre el río Kwai", precisamente aquella en la cual los ingleses cantaban que "Hitler has got only one ball" (Hitler solo tiene un testículo).

Por ejemplo, Randolph obtuvo el título de Barón Rothschild de la Reina Victoria, aunque Victoria opinaba que era imposible admitir a un judío en la nobleza. Se dice que Randolph respondió: "Majestad, si usted no tuviera su dinero, no podría gobernar su imperio".

Para ese entonces, el Barón Rothschild era el hombre más rico del mundo. También se dice que él sentía un gran afecto por Jenny. Incluso se puede leer en los portales de noticias falsas que él era el padre de Churchill.

La misma fuente de noticias falsas informa que él también fue el padre de Adolf Hitler. De esta manera, los dos archienemigos serían medio hermanos. Ellos dos, en efecto, tienen muchas similitudes en sus posturas políticas. No se distinguen en lo

---

[5] *Primero llegó Cockran con el pene*
Y luego fue el turno del señor Barón
Solamente la situación del marido era crítica
Pues su pene era sifilítico.
Mantenemos el texto original para que pueda notarse su música, la recurrencia de varias palabras y los juegos de palabras.

más mínimo en su darwinismo social y en su creencia en la ley del más fuerte.

Tower (2.4)

Guillermo el Conquistador

Entretanto, fuimos acercándonos a la Tower por la orilla del río. Este lugar era también uno de los favoritos de Houston. Las terrazas tenían una vista maravillosa: la fortaleza, con sus torres esbeltas de cuatro esquinas, el Tower Bridge y el Támesis, que fluye ampliamente. Esta construcción es hoy un museo, pero alberga mil años de historia viva: desde su constructor, Guillermo el Conquistador, quien la usó como fortaleza y palacio real, hasta la Edad Media, donde sirvió como prisión.

Enrique VIII

Enrique VIII ordenó ejecutar allí a su segunda esposa, Ana Bolena, la madre de Isabel I de Inglaterra. A causa de ella, Enrique se separó de Roma después sostener un largo intercambio epistolar con Lutero; todo esto debido a que el Papa no le permitió separarse de su primera esposa. Y, por ello, él fundó la iglesia anglicana, de la cual fue su jefe supremo, al igual que la reina Isabel lo es hoy. Él ya no necesita más de la aprobación del Papa.

Su quinta esposa, Katherine Howard, también fue ejecutada aquí.

Lady Jane Grey

La decapitación de la joven reina de nueve días, Lady Jane Grey, es particularmente conmovedora. Su destino ha afectado a toda Europa. Incluso el escritor alemán Fontane escribió una balada al respecto. Muchos otros poetas también han escrito versos sobre su ejecución en la Tower.

El último prisionero en la Tower fue Rudolf Hess, en 1941.

Los Yeomen Warders siguen vistiendo hoy el mismo uniforme elegante de entonces, negro y con bordes rojos; lo llevan a diario, no solo en los días de fiesta. Una buena ginebra lleva el mismo nombre que se les dio popularmente: Beefeater.

Lamb or mutton

Si bien esto no es habitual, nosotros nos permitimos tomar un poco de esa misma ginebra durante el aperitivo. Olvidé el nombre del restaurante: Cutty Sark, Coppa Club o Byward Kitchen. La ubicación es igualmente única. Nuestra comida era excelente y típicamente inglesa. La cocina inglesa no tiene buena reputación, pero, eso sí, nadie prepara el cordero tan bien como los ingleses. Nuestras chuletas con tomates a la parrilla eran excelentes.

Nuestra comida también fue una buena ocasión para que Houston contara historias. La historia de nuestro pueblo también pervive en el lenguaje. Cuando los normandos llegaron como nuevos conquistadores a Inglaterra trajeron consigo el dialecto del francés antiguo que se hablaba en Normandía (ellos eran una minoría germana, pero hablaban el idioma de la región). La clase dominante habló este francés antiguo durante siglos, pero la servidumbre siguió hablando en su anglosajón ancestral.

Las ovejas y los corderos eran llamados "sheep" y "lamb" respectivamente mientras estaban en el campo; pero tan pronto eran llevados a la mesa y servidos en un plato a los señores, su nombre cambiaba a "mutton" (por la palabra "mouton" en francés). Los terneros pasaron de ser "calves" en el campo a ser "veal" en la mesa ("veau" en francés); los bueyes, "oxen", pasaron a llamarse "beef" ("boeuf" en francés). La mesa resultó siendo "table", mientras que "dish" – afín a la palabra "Tisch" en alemán–, significa "plato" o "comida" en el inglés actual.

Ricardo Corazón de León

El gran héroe nacional de las cruzadas, Richard Coeur de Lion, Richard the Lionheart, hablaba todavía este antiguo dialecto francés. Normandía era entonces parte de Inglaterra, al igual que Aquitania. Fue solamente con el advenimiento de la conciencia nacional que los ingleses perdieron estas posesiones francesas en el continente francés. Pero se necesitaron cien años de guerra para que esto sucediera.

La fase final de esta guerra prolongada fue iniciada por la santa nacional: Juana de Arco, la Doncella de Orleans. La tradición y la historia se concentran en un solo lugar. Por cierto, los niños en Francia e Inglaterra conocen a sus héroes nacionales, además de su historia, y están orgullosos de ello. En Alemania, por otro lado, un joven aprende únicamente que en Dachau y Auschwitz hubo campos de concentración.

Reencuentro después de largos años (2.5)

Cynthia

Yo esperaba ansioso la velada. Se suponía que tendría lugar en la casa de Houston. Los amigos de mi juventud en Niza habían confirmado su asistencia y tenía mucha curiosidad de saber cómo se verían después de todos estos años. ¿Los reconocería?, ¿me reconocerían?

Cynthia fue la primera en cruzar la puerta. Estaba tan bella como siempre. Me saludó con un beso en la boca. Ella tampoco había olvidado que me hizo pasar de niño a hombre en las playas de Niza.

Luego llegó su compañero, Charles, con su eterna sonrisa, seguía siendo apuesto y tenía una buena figura. Nuestro músico Douglas llegó un poco tarde. ¿Qué pasó con nuestro ideal de juventud de ser libres, carecer de lazos y no reconocer obligaciones? Funcionó bastante bien durante la juventud, pero luego se hizo cada vez más difícil.

Un oficio es la columna vertebral de la vida, incluyendo también lo económico. Ahora bien, ninguno de ellos se ha esforzado en tener un horario de trabajo reglamentado y un ingreso fijo. Obviamente, esto solo fue posible porque todos provenían de familias muy acomodadas y podían vivir de la herencia.

Eduardo VIII

La madre de Cynthia trabajaba en la corte real de Eduardo VIII. Quienes forjaban la opinión pública en Inglaterra estaban en contra de Alemania, pero ese no era el caso de la familia de

Cynthia ni de la corte real. El círculo de amigos reunido esta noche también era muy amigo de lo alemán, pues de lo contrario no me habrían incorporado a mí, como alemán que soy, en su ámbito más íntimo. Las conversaciones de esta noche giraban siempre en torno a las relaciones anglo-alemanas.

Cynthia comenzó a narrar. Dijo que Eduardo VIII tenía un marcado interés por Hitler y que lo visitó varias veces en Alemania. Este estaba muy preocupado por las agitaciones marxista-leninistas, las cuales también querían hacer caer a la monarquía en Inglaterra. Hitler ya había organizado todo este alboroto y, además, Alemania traería orden al continente en su visión del futuro, es decir, lucharía contra el bolchevismo de Stalin y buscaría que Inglaterra, como gran imperio, garantizara el libre transporte marítimo en los océanos del mundo.

Porque estaba convencido de que únicamente la raza blanca podría traer orden a un mundo amenazado por los intentos independentistas de las colonias.

Hace poco emergió una grabación en la cual se ve a Eduardo VIII enseñándole el saludo hitleriano a su pequeña sobrina de cinco años, Isabel. En el plan de la prensa, de momento, no hay ninguna campaña contra la casa real y, por eso, este hecho no se ha convertido en un asunto de estado. Esta grabación fue hecha por Wallis Simpson. Dos años más tarde, Eduardo VII tomó una foto de la familia real. Allí se puede ver que incluso la reina madre, acompañada de Isabel, levanta la mano para hacer el saludo hitleriano. El futuro rey, Jorge VI, hace la venia ante la pequeña Margarita.

Pero pasemos ahora a la negativa del rey: este dijo que, mientras él estuviera en el trono, Inglaterra no iría a ninguna guerra contra Alemania; sin embargo, esto condujo a los partidos beligerantes, sobre todo a Churchill, a que hicieran lo posible por deshacerse de él.

Wallis Simpson

La palanca para la "destitución" del rey o, por decirlo más claramente, de su abdicación forzada, fue la Sra. Wallis Simpson, una actriz estadounidense quien, después de haberse divorciado, se había casado con un rico hombre de negocios de apellido Simpson. Eduardo VIII gustó de ella y la convirtió en su amante. El esposo de ella viajaba a causa de sus negocios durante todo el año; visitaba varias capitales del mundo y, a su vez, a las muchas amantes que allí tenía.

Este se sintió incluso halagado de que el Rey del Gran Imperio y el Emperador de la India disfrutara de su esposa y ella, a su vez, estaba agradecida con él como marido, pues seguía costeándole su oneroso estilo de vida. Ella no podía vivir de las joyas con las que el rey la asediaba, así que ni siquiera pensó en un divorcio. El matrimonio ofrecía más seguridad.

Además, a ella no le faltaba nada, el rey la llevaba de manera oficial a muchos eventos, incluso a las fiestas en el palacio de Buckingham.

Reina María

Pero la madre del rey, una reina muy elegante y afecta de la etiqueta, pensaba de acuerdo a su posición social.

Si ella estaba presente, Wallis Simpson no podía aparecer en el mismo lugar. En primer lugar, no pertenecía a la nobleza, y, en segundo lugar, ni siquiera era inglesa, además de estar casada y divorciada de su primer matrimonio.

Eduardo VIII también sabía que nunca podría hacerla reina pues, como jefe supremo de la iglesia anglicana, tenía completamente prohibido tener a una mujer divorciada a su lado. Y mucho menos si el exmarido seguía vivo.

De todas maneras, Eduardo VIII tampoco tenía intención de casarse con ella. ¿Para qué? Vivían felices y contentos el uno con el otro. Nada les faltaba.

Los adversarios

Se supone que un rey debe casarse para poder ser heredero al trono, pero esto era imposible con Wallis Simpson. Los partidos belicistas querían deshacerse del rey, pues este había descartado definitivamente una guerra contra Alemania; ahora bien, como él no pensaba abdicar voluntariamente, estos amenazaron con lanzar una campaña de prensa contra Wallis Simpson que comprometería a la casa real y que haría caer a toda la monarquía.

Además, le recordaron a Eduardo VIII el destino del zar ruso y de toda su familia en San Petersburgo. El zar depuesto pidió a su primo inglés refugio en Inglaterra para él y su familia; si bien su padre, Jorge V, aceptó conceder este asilo, el plan para llevarlo a cabo fracasó. Se le impidió aceptar a su primo y a su familia, aun cuando el zar y Rusia eran aliados en la guerra contra los alemanes.

También se obligó a Jorge V a que cambiara ese nombre con sonoridad alemana –Sachsen-Coburg, Gotha– por el de Windsor.

Escándalo de prensa

Como anticipo de lo que Eduardo VIII podía esperar en un escándalo de prensa, se publicó una historia escandalosa en la cual Wallis Simpson bailaba desnuda sobre las mesas del palacio de Buckingham frente a salas abarrotadas.

Se contaba que ella había trabajado en burdeles en Shanghái y que allí habría aprendido prácticas sexuales muy sofisticadas, lo que explicaría el motivo por el cual el rey gustaba tanto de ella.

Nada de esto era cierto. Aunque los periódicos tuvieron que admitir más tarde que todo era inventado, el efecto fue tremendo. Los ingleses no querían a un rey y a una mujer así al frente de sus filas.

Atentado

"Los reyes no se eliminan con órdenes judiciales, sino con atentados". Esa era la opinión de Churchill cuando decidió deshacerse del rey Eduardo VIII el 16 de agosto de 1936. Pero, a pesar de las historias escandalosas divulgadas en la prensa –

en particular aquellas expandidas por Hearst, el magnate de la prensa y amigo de Churchill–, Eduardo no quiso abdicar.

El servicio de inteligencia militar MI5 aplicó la técnica del "doublé-bound". Según esta técnica, primero se entrena a un asesino y luego se le da la vuelta; de esta manera, la opinión pública cree que proviene del bando enemigo. Para ello usaron a Jerome Branningham, quien poco antes del ataque había sido infiltrado en el grupo irlandés IRA. El intento de asesinato fracasó porque la policía local, que no estaba al tanto, protegió la vida del rey. Pero el miedo del rey fue tan persistente que firmó el acta de renuncia.

Abdicación

El rey no tenía poder. No tenía ninguna oportunidad, ni contra la prensa, ni contra el Servicio Secreto. Así que finalmente abdicó y cedió el trono a su hermano Jorge VI. Ahora bien, este último tenía que asegurar –y esta era la conditio sine qua non– que apoyaría la guerra contra Alemania. Pero él, de hecho, opinaba que la guerra no hacía parte de los intereses de Inglaterra; eran más bien los líderes económicos estadounidenses y las altas finanzas de Wall Street quienes querían eliminar a la competencia alemana.

Una segunda razón por la cual se mostró tan reacio a aceptar la corona fue su tartamudez. Para él no había nada peor que hacer un discurso público. Pero debía hacerlo.

The King's Speech

Gracias a la ayuda de un profesor de dicción el rey pudo grabar, después de muchos esfuerzos, un discurso sin fallas. Este discurso histórico, "The King's Speech", puede encontrarse con facilidad en su versión original en Internet. Incluso hay una película sobre el tema. El discurso fue grabado varias semanas antes del estallido de la guerra, para que así pudiera ser emitido inmediatamente después del primer intercambio de fuego en Gdansk.

El acta de abdicación debía ser firmada por todos los hermanos, es decir, por Eduardo VIII, el nuevo rey Jorge VI y el hermano menor, el primer duque de Kent. Eduardo VIII debía ir al exilio junto con su esposa. El nuevo rey le permitió solamente volver a tocar suelo inglés si pretextaba asuntos familiares importantes, como la muerte de su madre.

Mentiras

Por el mundo se extendió la mentira sobre el gran amor del siglo: un rey abdica para casarse con su amante. Esta versión sigue en pie hoy en día. La verdad es que nunca un rey, en ningún país del mundo, ha tenido que abdicar por culpa de una amante; sabemos también que esa no era la verdadera razón en este caso.

Uno solo cae en cuenta de las inconsistencias de la versión oficial después de haber oído la historia alternativa propuesta por Cynthia. Como uno rara vez experimenta acontecimientos históricos desde la propia perspectiva, dependemos de la representación hecha por la prensa. Si todos los periódicos dicen lo mismo –pues todos pertenecen al mismo grupo editorial–, uno se traga incluso el bulo más grande. La manipulación de la prensa es total. La desinformación, también.

Una familia extraordinaria (2.6)

Los Mitford

Cynthia guardaba in petto otra historia sorprendente. Habló de una familia muy inusual con la que está emparentada: la familia de un noble británico, David Freeman-Mitford, segundo barón de Redesdale. Este noble sentía aversión por las escuelas británicas.

Después de la Primera Guerra Mundial se descubrió que la escuela era un instrumento para atontar al pueblo. En Estados Unidos fue así desde un principio. Los alemanes también persiguieron este objetivo después de la Segunda Guerra Mundial. En Alemania incluso hemos llegado al nivel internacional, pues ahora casi ningún escolar sabe leer ni escribir —y ni hablemos de sumar.

En cualquier caso, el barón crió a su hijo y a sus seis hijas únicamente con tutores privados y en su propia casa. Y, de esta manera, cada uno de sus descendientes se convirtió en una personalidad independiente e individual.

Jessica —algo insólito en los círculos nobles— estaba entusiasmadísima con el comunismo. Hizo parte de la Internacional Comunista y luchó contra Franco en la Guerra Civil Española.

Diana se sintió atraída por la ideología del fascismo y era una apasionada de Mussolini y Hitler. Incluso se casó con Mosley, el líder fascista británico.

Nancy se convirtió en una escritora famosa.

Deborah, la menor, se contentó con casarse y convertirse en la Duquesa de Devonshire.

Thomas, un poco más convencional, estudió en Oxford y se hizo juez. Pero se quedó soltero.

Pamela se apartó de la vida aburrida que llevaba junto a un millonario estadounidense y se decantó por los asuntos y andanzas de un aventurero. Por lo tanto, se divorció de su esposo norteamericano.

Y Unity –la mayor sorpresa para nosotros– se convirtió en la amante británica de Hitler.

La amante británica

Unity viajó a Múnich a finales de 1934. No era nada difícil encontrar a Hitler en su bar de siempre, la Osteria Bavaria.

Fue, como dicen los franceses, un coup de foudre. Ella medía 1,80 m y era muy alta para su época; además, tenía ojos azules y era rubia. Para Hitler, encarnaba el ideal de una noble germana, el arquetipo de una mujer aria.

Su segundo nombre, Valkyrie –que ella luego germanizó como Walküre–, fue un presagio para Hitler, fanático de la obra de Wagner.

Cuando ella le contó después que su abuelo, el primer Barón de Redesdale, había traducido los escritos de Houston Stewart Chamberlain del alemán al inglés[6], Hitler quedó completamente convencido.

---

[6] Lord Redesdale redactó la introducción para "Die Grundlagen des neunzehnten Jahrhunderts", pero la traducción fue hecha por John

Houston Stewart Chamberlain

Si bien H. S. C. era inglés, pasó la mayor parte de su juventud en Francia. Estuvo de viaje durante muchos años y vivió en toda Europa; finalmente viajó por toda Alemania y se casó en Bayreuth con la hija de Richard Wagner, Eva Wagner.

Redactó sus escritos en alemán e incluso se hizo ciudadano alemán. Los escritos del abuelo de Unity tuvieron mucho éxito y llegaron hasta Inglaterra; la traducción inglesa de "Los fundamentos del siglo XIX", redactado en alemán, expandió su teoría sobre las razas. Estos textos fueron fundamentales para la formación de Hitler, pues allí se sostiene que una raza maestra debe tomar el orden mundial; Hitler vio allí a la raza aria: los alemanes.

Por cierto, Churchill también estaba completamente convencido de estas teorías, pero él no quería cederle a los alemanes el papel de la dominación mundial y el de ser la "raza más noble".

Celos

Hitler llevaba con frecuencia a Unity Mitford al Berghof en Berchtesgaden. Incluso le prestó su Mercedes para los Juegos Olímpicos de Berlín. La invitó al Festival de Wagner en Bayreuth. Y sí, cuando Austria se anexó al Reich alemán, ella estaba junto a Hitler en la Plaza de los Héroes en Viena.

Pero esto no le gustó lo más mínimo a Eva Braun. Ella vivía en el Berghof, disfrazada de empleada de Hoffmann, el fotógrafo

---

Lees;   fuente: https://en.wikipedia.org/wiki/The_Foundations_of_the_Nineteenth _Century de Hitler. Este no quería que la gente supiera sobre esta relación.

A Eva Braun nunca se le permitió aparecer con él en público. "Yo estoy casado con Alemania. Mis seguidoras nunca me perdonarían que tuviera una amante".

Y, de hecho, la opinión pública alemana solo se enteró de esta relación después de la guerra. También se supo que Eva Braun tuvo que ser esterilizada, pues Hitler consideraba que él, el Führer, no podía tener un hijo ilegítimo.

Castro

Se me ocurrió una historia similar. Fidel Castro, el gran revolucionario, tenía una amante alemana que vivía en Estados Unidos. Parece que fue una relación seria; incluso, cuando ella quedó embarazada, los dos se alegraron mucho. No obstante, se temía que los camaradas de la revolución pudieran molestarse si se enteraban de que él tenía amoríos privados al mismo tiempo. Castro ordenó entonces que la pobre muchacha fuera secuestrada y llevada a una clínica de la Habana. Una vez allí, se realizó un aborto.

Boda

Pero Hitler no tuvo este problema con Unity Mitford. Ellos se encontraban en el medio del júbilo. Ella incluso pronunció discursos explicando en qué medida Inglaterra se beneficiaría si un hombre como Hitler se hacía respetar en el mundo.

La boda de su hermana Diana con Mosley se celebró en la villa que Goebbels tenía en Grunewald, en Berlín. Sus padres llegaron de Inglaterra y fueron recibidos por Hitler como funcionarios oficiales del gobierno. Este hecho lastimó mucho a Eva Braun, tanto así que incluso intentó suicidarse.

Fin trágico

Unity y Hitler se encontraban en agosto de 1939 en el festival de Bayreuth. Allí él le reveló que Inglaterra estaba decidida a declararle la guerra a Alemania y que él no veía ninguna oportunidad para impedirlo. Él le permitió a ella y a su hermana Diana abandonar Alemania.

Diana volvió, Unity se quedó. No podía creerlo. Ella amaba ambos países. Su sueño era que el ejército alemán y la flota inglesa dominaran el mundo. Pero ahora, al igual que en la Primera Guerra Mundial, se suponía que estos dos pueblos se destrozarían el uno al otro.

Suicidio

El primero de septiembre de 1939 se oyó el primer disparo en Gdansk. El tres de septiembre, día en el que Inglaterra le declaró la guerra a Alemania, Unity se dio un tiro en la cabeza con una pistola automática en la Königinstraße Straße, en el Jardín Inglés en Múnich.

Fue conducida a una clínica con heridas graves. Había dejado una carta de despedida para Hitler y, a su lado, su insignia del partido, la misma insignia que Hitler había encargado especialmente para ella, hecha en oro y con su nombre grabado. Ella no podría sobrevivir al hecho de que estos dos pueblos que amaba tanto estuvieran en guerra entre sí.

La carta no sobrevivió a la agitación de la guerra, ya no existe, y por eso los oponentes afirman que nunca existió.

Hitler visitó a Unity en la clínica, ella estaba paralizada en medio lado y no podía hablar. Él le devolvió la insignia de oro. Ella la tomó, la puso en su boca y se la tragó. Hitler le dijo a Hoffmann, el fotógrafo que lo acompañaba: "Estoy empezando a tener miedo".

Grass

Günther Grass debió pensar en esta escena al escribir "El Tambor de Hojalata" y relatar lo siguiente: el pequeño Oscar abre una insignia del partido con una aguja, luego su padrastro la traga y finalmente muere.

Recuperación parcial y muerte prematura

Los médicos alemanes se negaron a sacar la bala del cerebro. En caso de fallar, la prensa mundial hablaría de un asesinato premeditado por Hitler. Entonces, la llevaron a Suiza. Pero allí los médicos también se negaron a realizar esta arriesgada operación. Hitler corrió con todos los gastos.

Cuando su estado de salud era relativamente estable, sus padres tomaron el riesgo de llevarla a Inglaterra. Pero los médicos de allí también se resistieron a operar. Era demasiado arriesgado.

Inch Kenneth

Vivió al lado de su madre en una isla que pertenecía a su padre y hacía parte de las remotas islas Hébridas en Escocia. Se dice que alcanzó a recuperarse y que incluso pudo volver a conducir. Sin embargo, una encefalitis causada por la bala cobró su vida a los 33 años.

Diana Mitford

Regresó a Inglaterra y, una vez allí, realizó fuertes acusaciones contra su tío, Winston Churchill.

Clementine Hozier, la esposa de Churchill, era tía de las hijas de Mitford. El famoso abuelo, que había traducido los escritos de H. S. C., tuvo una relación amorosa con Lady Blanche, cuyo marido era evidentemente infértil. Clementine era su hija. Así era visto también por las familias.

"¿Qué quieres lograr? ¿Por qué querías esta guerra por encima de todas las cosas?"

"Si esta guerra no se hubiera dado, pronto habrías sabido por qué era tan necesaria".

"Sí, entonces habría una autopista y una línea ferroviaria a través del corredor polaco, desde Fráncfort del Óder hasta Königsberg; y los polacos recaudarían considerables sumas de dinero recolectando peajes, año tras año, sin mover los dedos ni tener que pagar nada. Los polacos ya querían decir que sí, pero tú los empujaste a decir que no con tantas promesas absurdas. Iban a recibir toda Silesia y Prusia Oriental, así como también Brandenburgo, con todo Berlín. ¿Y qué tienen ahora? Una Varsovia destruida".

"De acuerdo, pero eso habría sido solo el primer paso de Hitler hacia la dominación mundial."

"Pero lo que tú has instigado ahora es el fin del Imperio Británico. Si nuestros poderes quedan unidos a esta guerra, no podremos seguir controlando a nuestras colonias, lo que ellas aprovecharán para luchar por su independencia."

"Estúpida charla de mujeres. Haré que te arresten por bocona".

Y así sucedió. Diana fue llevada a un campo de detención.

Mosley

Él es, por cierto, el hermano del famoso atleta. También regresó a Inglaterra y quiso limpiar el establo de Augías. Pero su partido fascista no tenía ninguna oportunidad en Inglaterra. Él mismo confesó su derrota de esta manera: "Si uno está debajo de un montón de estiércol, no hay ninguna opción de quitarlo".

Trump

Un forastero descarado quiso secar el lodazal de Washington en 2017. Según parece, él mismo resultó atrapado en él. Fue elegido porque se llegó a creer que podría impedir la guerra que se había planeado contra Rusia. Pero ahora ni siquiera se le permite hablar a solas con Putin. Si llegara a probarse que él —o uno de sus colaboradores— ya se había puesto antes en contacto con Putin, habrá incluso un procedimiento de destitución.

Los procedimientos judiciales son costosos. Quizá la CIA encuentre una forma más rápida de deshacerse de él.

Preparativos para la guerra (2.7)

La carta de Gandhi

Charles contribuyó con la siguiente historia. Amigos de Gandhi, que apreciaban sus deseos de paz, le instaron a oponerse a la amenaza de una guerra mundial. Él le escribió entonces una carta a Hitler, la cual comienza así:

> Querido amigo,
>
> Yo sé que usted no es el monstruo que sus enemigos quieren mostrar; yo sé que usted es el único que puede detener esta guerra. Tenga en cuenta todo lo que yo he logrado con mi resistencia pacífica. No le dé la oportunidad a Roosevelt y Churchill de empezar una gran guerra.

Esta carta no se reproduce de manera literal, sino de acuerdo a su sentido. Nunca le llegó a Hitler, pues fue interceptada. Inglaterra ejercía todavía el poder colonial en la India.

Pero Gandhi se había negado a enviar soldados indios a la guerra. En la Primera Guerra Mundial hubo millones. Ahora bien, "nuestros ciudadanos no tienen que arriesgar sus vidas" para que pueda haber o no un enlace de transporte entre Fráncfort en el Óder y Königsberg.

Es posible que la carta no hubiera afectado el comportamiento de Hitler, pues él sabía que Roosevelt, desde 1932, había trabajado con determinación para propiciar esta guerra, la cual debería tener lugar bajo cualquier circunstancia, sin importar el pretexto.

La segunda carta de Gandhi

Hubo dos frases en particular que despertaron la rabia de los ingleses. La primera fue el encabezado, "querido amigo", y la segunda es la afirmación de que Hitler "no es el monstruo que sus enemigos quieren mostrar". Él tuvo que escribirle una segunda carta a Hitler antes de Navidad y relativizar allí sus palabras. En esta carta, sin embargo, hay oraciones que Gandhi nunca habría dicho. Son, sin duda, falsificaciones. Esta carta, sin embargo, sí se entregó. Puede leerse íntegramente en cualquier momento en Internet.

Faquir semidesnudo

El veredicto de Churchill sobre Gandhi fue concluyente. Le molestó que este "faquir semidesnudo" tuviera el descaro de atreverse a hablar con un gobernador inglés. Le parecía increíble que no hubieran dejado morir a Gandhi en una de sus huelgas de hambre.

Raza inferior

En esta apreciación, por cierto, él estaba de acuerdo con Hitler. Este último había ofrecido a Inglaterra, en repetidas ocasiones, la posibilidad de emprender acciones militares contra los insurgentes indios; incluso había propuesto matar a Gandhi y a 200 de sus más influyentes combatientes. Según su opinión, era imprescindible que la India siguiera siendo una colonia inglesa, pues los indios mismos, como raza inferior, serían incapaces de dirigir un gobierno.

Indogermanos

Esto es realmente asombroso, pues Hitler debería haber sabido que los guerreros altos y de piel clara que habían emigrado del norte al subcontinente eran "arios", así como también debería haber sabido que los pequeños nativos de piel oscura dominaban. Esto incluso se documenta en la palabra "indo-germanos". Los académicos alemanes fueron líderes en la investigación sobre las relaciones entre las lenguas indoeuropeas. Los mejores conocedores del sánscrito eran profesores alemanes. La literatura de los Vedas y los Upanishads –fruto de la antigua cultura india– fue descubierta en las universidades alemanas. Incluso la esvástica viene de allí y es llamada "svastika" en sánscrito. Esta simboliza la rueda del sol y es un símbolo de la felicidad de los arios inmigrantes.

Subhas Chandra Bose

Hitler también estaba cegado con la posibilidad de trabajar con Bose. Este hombre, ampliamente desconocido en Europa, participó en la lucha de liberación india y es una de sus grandes personalidades carismáticas. Su monumento se encuentra hoy en Amritsar. Gracias a Internet, cualquiera puede informarse sobre ello. Él no creía que la política de desobediencia civil de Gandhi pudiera conducir a la independencia de la India. Incluso temía que los indios no pudieran alcanzar esta independencia sin la ayuda de otros. Era imperativo que las potencias extranjeras apoyaran a los indios en este esfuerzo. Él contaba con Alemania y Japón. Sin embargo, como ya se ha dicho, no tuvo suerte con Hitler. Sin embargo, como la guerra se desenvolvió de manera confusa, Bose solo pudo reunirse con Ribbentrop y Hitler hasta bien entrado el año de 1942.

Voluntarios

Gandhi rechazaba el hecho de reclutar soldados indios para que fueran a pelear por disputas territoriales originadas a causa de unos pocos kilómetros cuadrados en el corredor polaco. Sin embargo, hubo muchos voluntarios, sobre todo sijes, que estaban dispuestos a trabajar para los británicos en las campañas de África, Asia y Europa. Este fenómeno es difícil de explicar. ¿Fueron las dificultades económicas? Hoy en día, por ejemplo, es probable que 100.000 africanos luchen en la yihad únicamente para poder malvivir del sueldo que reciben. ¿O será acaso que la casta guerrera de los sijes está simplemente obsesionada con la batalla? Desafortunadamente, 3,5 millones de indios murieron durante la Segunda Guerra Mundial. Así pues, el número de víctimas de la India durante la Segunda Guerra Mundial se encuentra entre los más altos, después de Rusia, Alemania, Japón y Polonia.

Legión India Libre

Muchos sijes fueron capturados por alemanes y japoneses. Entre ellos, Bose reclutó voluntarios que estuvieran dispuestos a luchar contra Inglaterra. Ellos prestaron juramento ante Hitler y ante Bose. Así surgió la legión "India Libre". Tenían permitido llevar un turbante en el frente en lugar del usual casco de acero. Este turbante pertenece a su religión como hindúes. Ahora bien, este turbante no debe confundirse con el atuendo musulmán que cubre la cabeza.

Esposa e hija

Bose no estaba de acuerdo con Hitler en todos los aspectos. Él se oponía, sobre todo, a las leyes raciales que prohibían, por ejemplo, que un ciudadano alemán contrajera matrimonio con un judío o con un indio. Es más, él estaba casado con una mujer alemana, exactamente con una austriaca. Su única hija, Anita, nacida en 1938, sigue viviendo hoy en Augsburgo. Es una profesora distinguida, está jubilada y tiene tres hijos. Bose sigue viviendo en Alemania a través de sus tres nietos. De hecho, murió en un accidente aéreo en Taiwán, el 18 de agosto de 1945. Se encontraba organizando operaciones contra los estadounidenses en este lugar.

Grupo sanguíneo

Las historias de Charles eran completamente nuevas para mí. Justo en aquel momento caí en la cuenta de que un pariente cercano mío, un médico y doctor de apellido Schell, era estudiante de medicina por ese entonces y que, además, hizo su tesis doctoral sobre grupos sanguíneos. Una comparación de la distribución porcentual de los grupos sanguíneos entre sijes y alemanes debería dar una posible indicación sobre una relación original entre ellos. Ya olvidé cuál fue el resultado de sus estudios; tampoco recuerdo si su trabajo tuvo consecuencias adicionales. Lo que sí recuerdo es que él consideraba que el trabajo conjunto con los sijes había sido extremadamente amistoso y cooperativo.

Transportes de armamento

Los estadounidenses, gracias a la experiencia acumulada en la Primera Guerra Mundial, sabían que, debido a los submarinos, era difícil transportar material militar hacia Inglaterra. Los submarinos alemanes habían hundido 3.500 barcos; por ello, a partir de 1932, se enviaron por barco camiones, municiones, tanques, rifles y cañones a Inglaterra, de manera que todo estuviera listo para el principio de la guerra. Pero, como los representantes electos del gobierno, el senado y el congreso no podían enterarse de ello, la misión no podía hacerse oficial. Por ello se contrató a un extranjero, al griego Onassis, pues su carga no se controlaba.

Onassis

Roosevelt y Churchill lo conocían desde hace bastante tiempo, pues todos formaban parte de la misma logia masónica. Como él no tenía que pagar impuestos por ser griego, los costos del negocio se hacían más bajos para los estadounidenses. Churchill había introducido la exención de impuestos para los ricos en la Primera Guerra Mundial con la condición de que ellos obligaran a emigrar al rey de Grecia (amigo de lo alemán y de ascendencia alemana).

Onassis, gracias a su flota de cien barcos, contaba con la capacidad suficiente para esta empresa. Sin embargo, pocos años antes de estallar la guerra, Roosevelt consideró que esta cantidad era insuficiente. Como consecuencia, obligó a sus propios comandantes y almirantes a tomarse un permiso, pues se había llevado contabilidad sobre sus actividades y la opinión pública —e incluso el gobierno— no debía enterarse de ello. Por el contrario, nadie se interesaba por las actividades de Onassis, un empresario particular y extranjero. De esta manera pudo transportar cargamento militar a Inglaterra en barcos de guerra estadounidenses sin necesidad de registro.

En realidad, eso no estaba del todo bien. Pero solo quisieron darse cuenta una vez terminada la guerra. Y por este motivo Onassis fue condenado a pagar una multa de 7 millones de dólares; Estados Unidos es, al fin y al cabo, un Estado de Derecho. Ahora bien, él no fue condenado por transporte ilegal, sino porque había un artículo que disponía que la tropa armada estadounidense solo podía comandada por un ciudadano de este país, y Onassis era griego.

Roosevelt, el encargado de dar la orden, ya no estaba vivo en el momento de este juicio. Pero, de todas maneras, tenía inmunidad por ser presidente.

Yate Christina

Onassis, obviamente, devolvió el favor por tantos negocios lucrativos. Cada año invitaba a todas las personalidades políticas estadounidenses a su yate de lujo, Christina, el más lujoso de la época.

Lo había bautizado con el nombre de su hija. Churchill era EL invitado de honor y aceptó siempre con gusto esta invitación hasta bien entrada la vejez. Asistió incluso cuando ya estaba atado a una silla de ruedas y Sarah, su hija favorita, tenía que ocuparse de él.

El clan Kennedy también estaba presente todos los años. Así es como Onassis conoció a Jacqueline, su futura esposa: ella iba acompañada de su esposo de entonces, John F. Kennedy, y estaba maravillada al oír a Maria Callas, la diva de la ópera, quien deleitaba a este círculo tan destacado con sus arias de ópera y, por aquellos días, estaba casada con Onassis.
Churchill consideraba que estas pocas personas elegidas, al igual que él, hacían parte de los superhombres profetizados por Nietzsche. "El hombre es un tránsito y el hombre es un ocaso", como dice en "El Anticristo"[7]. Y esta élite, liberada de

---

[7] La cita mencionada en el texto original ("Der Mensch ist ein Untergang und der Mensch ist ein Übergang") no pudo encontrarse en "Der Antichrist". Es posible que se esté parafraseando una oración

conceptos morales cristianos, ya había alcanzado el nivel del superhombre.

En el otro lado se encontraban las grandes mayorías, a las cuales Churchill y la gente del común pertenecían, y cuya muerte carecía de importancia.

Sagaz

Charles, al oír hablar sobre Churchill sentando en una silla de ruedas, recordó una pequeña anécdota. Churchill, hasta muy avanzada edad, fue conducido en silla de ruedas hasta el parlamento. Un par de jóvenes delegados, que ya no respetaban al súper héroe en este estado, fueron algo maledicentes: "¿Y qué hace este anciano babeante acá? Ya no puede ni hablar. Se dice que está tan demente, que ya ni sabe dónde está". En aquel momento Churchill, de casi 90 años, giró y dijo: "Y también se dice que es sordomudo".

Churchill ya no podía participar en los debates, pero de todas maneras quería que lo llevaran al parlamento. La explicación que daba era la siguiente: "si los congresistas me ven a mí, de seguro no decidirán nada; y así, si ellos no toman ninguna decisión, no puede pasar nada, por más pequeño que sea, que pueda beneficiar a Alemania".

---

similar que aparece dos veces en "Also sprach Zarathustra" ("Así habló Zarathustra") y que dice: "Oh meine Brüder, was ich lieben kann am Menschen, das ist, dass er ein Übergang ist und ein Untergang". Andrés Sánchez Pascual tradujo este aparte de la siguiente manera en la edición de Alianza Editorial: "Oh hermanos míos, lo que yo puedo amar en el hombre es que es un tránsito y un ocaso".

Realidad alemana (2.8)

A favor o en contra

Nuestro quinteto había empinado el codo como es debido y, si bien nuestras "stories" no eran siempre divertidas, nosotros nos reíamos mucho. Me pidieron que contara, desde mi perspectiva, cómo se había sido percibido a Hitler en el lado alemán.

Yo tenía apenas tres años y medio al comienzo de la guerra, pero hay algunas cosas que se quedaron grabadas en mi memoria de niño.

Mi familia estaba en contra de Hitler desde el principio y tuvimos muchos problemas por eso. Yo, por supuesto, compartía la opinión de mis padres y, como era un niño, no podía entender en absoluto que amigos nuestros, gente conocida y buena, estuviera tan entusiasmada con Hitler.

Incluso un tío mío apoyaba a Hitler con ahínco y, por eso, siempre que salíamos de vacaciones terminábamos teniendo discusiones fuertes.

Mi familia era, desde la perspectiva actual, completamente apolítica y ninguno de ellos leyó "Mein Kampf". Los argumentos políticos no desempeñaban ningún papel para posicionarse a favor o en contra. Era una decisión tomada de acuerdo al ánimo, algo que hoy llamaríamos una "sensación instintiva".

Según mi experiencia, la mayoría de las personas que ingresaron al partido no lo hicieron por estar de acuerdo con el programa de Hitler, sino porque esperaban beneficiarse de sus ventajas. Son los típicos "Mitläufer", esos simpatizantes que siempre apoyan al partido exitoso.

Judíos indeseados

El jefe de circunscripción territorial vivía justo en frente de nosotros. Él se quejó, pues en la puerta de nuestro negocio no había ningún letrero que dijera que "los judíos no son bienvenidos". Mi padre dijo lo siguiente: "En este barrio no hay judíos, yo me puedo ahorrar los costos del letrero". Y eso era verdad.

Yo solo pude conocer judíos a la edad de 20 años, mucho después de la guerra.

Pero el jefe de circunscripción territorial opinaba lo contrario: "No se trata de eso, se trata de una actitud que debe ser demostrada".

No tuvo éxito. Ni siquiera tuvo éxito con mi abuelo, cuyo negocio, ubicado en el centro de la ciudad, tenía un cliente judío. "Él viene desde hace diez años al negocio", dijo el abuelo, "y, siempre que él pague, 'recibirá sus cosas'."[8] Esa fue una actitud valiente para esa época y muy pocos hombres de negocios se atrevieron a responder así.

---

[8] El final de la oración está en dialecto: "kriagt der sei Sach".

Chistes

Una mujer de apellido Grimme, una típica mujer proletaria con talento interpretativo, venía con frecuencia a nuestra tienda. Una vez se acercó a la puerta de la tienda, donde muchos clientes esperaban a ser atendidos, y gritó dramáticamente: "¡Hitler ha perdido su goma de borrar!" "¡Mentira!" "No, para nada, porque Churchill la ha encontrado. Y ahora él la usa para borrar nuestras ciudades". Hoy ya nadie recuerda lo que Hitler dijo a la población civil alemana después del ataque aéreo de Churchill: "Si él bombardea ciudades alemanas que no son objetivos militares, yo borraré entonces, en represalia, las ciudades inglesas a cambio."

Otro día, ella entró y dijo lo siguiente: "Imaginaos lo que acaba de pasar: Goebbels está en el hospital".

"¿Y qué le pasó?"

"Había que operarlo."

"¿Y qué tipo de operación?"

"Hubo que reubicarle las orejas."

"¡Pero esa operación no existe!".

"Que sí existe. Se las pusieron bien atrás, para que así pueda seguir siendo un bocazas".

La buena señora Grimme se arriesgaba mucho al decir esas cosas. Si alguien la hubiera denunciado, la habrían encarcelado. No solo estaba prohibido hacer chistes sobre Hitler, sino también sobre sus ministros, incluyendo a Goebbels, el ministro de propaganda.

Weiß Ferdl

Weiß Ferdl, el popular comediante muniqués, se hizo famoso al representar a un vendedor de pescado del Viktualienmarkt en su programa de cabaret. Este vendedor, al promocionar su propio pescado, decía lo siguiente:

> Hering, Hering,
> so fett wie der Goehring.[9]

Hermann Goehring era el segundo al mando después de Hitler tras el encarcelamiento de Hess en Inglaterra. El comediante, gracias a su popularidad, salió de la cárcel después de tres días. Él mantuvo el número del vendedor de pescado en su programa de cabaret, y todos esperaban con ansias al momento en el que promocionaba su pescado. Y él, de hecho, vociferó una vez más como un vendedor de mercado:

> Hering, Hering,
> So fett ……….. wie's letzte Mal.[10]

Fondo comunista

Todavía había algunos "rojos" ocultos que seguían simpatizando con Stalin, incluso después de la invasión de Rusia. Esto siempre quedó claro en las conversaciones. Incluso yo, siendo niño, oí varias cosas que alguien de mi edad no debía. Una vez oí como una clienta, la señora Fritz, le dijo a mi madre lo siguiente, llena de alegría, después de la catástrofe

---

[9] *¡Arenque, arenque!,*
tan gordo como Goehring.
[10] *¡Arenque, arenque!,*
tan gordo ……….. como la última vez.

de Stalingrado: "Si Stalin gana, yo me mudo a su hermosa casa, y usted podrá mudarse a un apartamento de alquiler".

Yo podía entender que la señora Fritz quisiera mudarse a nuestra casa. Lo que no entendía era qué tenía que ver Stalin con todo esto. La señora Fritz habría tenido razón si nosotros hubiéramos estado en la zona que ocuparon los soviéticos, como luego le pasó a la gente de la RDA.

Canciones infantiles

Su hija menor, Rita, iba conmigo a la guardería; ella nos enseñó una canción graciosa y nosotros la cantábamos con entusiasmo, aunque no entendíamos nada:

> Es geht alles vorüber,
> es geht alles vorbei,
> sogar der Hitler mit seiner Partei.[11]

No sé quién reescribió la hermosa canción folclórica. En el texto original decía así:

> Es geht alles vorüber,
> es geht alles vorbei,
> auf jeden Dezember folgt wieder ein Mai.[12]

---

[11] *No hay mal que dure cien años,*
todo terminará pasando,
incluso Hitler con su partido.
[12] *No hay mal que dure cien años,*
todo terminará pasando,,
después de cada diciembre llega un mes de mayo.

Hermana Selma

Incluso en la guardería todo acabó pasando y llegaron nuevos tiempos. Nuestra maestra, la hermana Selma, era una mujer redonda que usaba capucha blanca y solía vestirse con un uniforme de enfermera blanco y con rayas azules; ahora bien, como los niños debían ser criados en el espíritu del nacionalsocialismo, ella se convirtió en un robusto miembro del partido nacionalsocialista.

La hermana Selma debía ocuparse, sin la ayuda de nadie, de 60 niñas y niños de entre 4 y 6 años. Nos enseñaba a cantar, a hacer manualidades e, incluso, a tejer con agujas y a tejer en punto. Este trabajo era demasiado para mí, pues a cada rato se me perdían los puntos al tejer.

El único salón que teníamos debía ser usado para todo; sin embargo, nosotros preferíamos estar en el jardín: un prado amplio con un par de árboles y barras de gimnasia. Estaba prohibido escalar los árboles, aunque nosotros lo hacíamos cuando la hermana Selma no estaba mirando. Pero un día hubo mucha conmoción, pues una niña se subió al árbol, se cayó y se partió un brazo.

Navidad

El momento más importante del año era cuando cantábamos temas de Navidad frente al pesebre. Los padres estaban invitados al evento. Los mayores podían hacer el papel de María y José, o el del arcángel que decía "yo desciendo desde lo alto del cielo", pero tenían que aprenderse de memoria parlamentos complicados. Para los pequeños era más fácil, pues hacíamos el papel de bueyes o asnos y solo teníamos que llevar alguna máscara. Las ovejas del campo solo tenían que decir de vez en cuando "beeee, beeee".

La nueva maestra de la guardería

Esta navidad cristiana fue también una terminación. Los niños debían ser educados en el espíritu del nacionalsocialismo. Ahora, con la nueva maestra de la guardería, debíamos hacer lo siguiente:

> Händchen falten, Köpfchen senken,
> fest an Adolf Hitler denken,
> der gibt uns das täglich Brot,
> und beschirmt vor aller Not.[13]

Así comenzó el primer día de la nueva maestra de la guardería.

También fue mi último día allí. Cuando llegué a la casa y le conté a mi madre lo que había pasado, me prohibió volver a la guardería.

Incendio del Reichstag

Mis padres habían dispuesto un apartamento en el piso superior de nuestra casa y se lo habían alquilado a un profesor y a su esposa. Ella sufría mucho por no poder tener hijos y a él también le habría gustado tener algunos. Yo iba con frecuencia a visitarlos. El profesor tomó las primeras fotos que hay de mí.

---

[13] *Doblar las manitos, bajar la cabecita,*
pensar firmemente en Adolf Hitler,
que nos da el pan de todos los días,
y nos protege de toda necesidad.

Tener una cámara fotográfica era todavía una rareza en aquel entonces.

También me contaba muchas cosas. Por ejemplo, una vez me contó sobre el incendio del Reichstag, que tuvo lugar antes de que yo naciera. En mi mente se quedó grabada la atrocidad que me contó: los mismos nazis habían prendido fuego al Reichstag.

Así es como lo veo hoy: Van der Lubbe era el autor del atentado. Los nazis conocían sus planes desde mucho antes. Pero, como este hecho les convenía como pretexto para la persecución de los comunistas, hicieron todo lo posible para que Van der Lubbe pudiera completar su proyecto sin ser molestado. Hitler aprovechó este evento espectacular para aplicar su ley habilitante y convertirse así en dictador vitalicio.

11 de septiembre, World Trade Center[14]

Algunos ven un paralelismo entre estos hechos y el ataque a las Torres Gemelas. En este caso, el servicio secreto norteamericano se enteró con suficiente anterioridad de las intenciones de los perpetradores, pero los dejaron seguir con sus planes para así poder justificar la invasión de Irak y Afganistán.

Realidad y propaganda

Mis historias resonaron más de lo que yo esperaba y, con frecuencia, despertaron alegría entre mis amigos ingleses. Ellos solo conocían la realidad el Gran Imperio Alemán a partir de las películas de Leni Riefenstahl. Entre sus grandes películas

---

[14] "World Trade Tower" en el original.

se encuentran "El triunfo de la voluntad" (Triumph des Willens), "Día de la libertad: nuestras fuerzas armadas" (Tag der Freiheit: Unsere Wehrmacht)[15] y "Olympia"[16].

---

[15] "Reichsparteitag in Nürnberg" en el original. Como en "Tag der Freiheit" se documenta un congreso en Núremberg, es posible que aluda a esta película.

[16] "Olympiade in Berlin" en el original.

Política del Secret Intelligence Service (2.9)

Bürgerbräukeller

La última historia relacionada con el incendio del Reichstag funciona muy bien como transición a mis dos historias sobre la Bürgerbräukeller y, como lo sugirió Charles, con el incidente de Venlo.

En la cervecería Bürgerbräukeller, ubicada en Múnich, Hitler debía haber volado por los aires. Solía pronunciar discursos en este lugar para sus seguidores más leales. Cada una de estas reuniones duraba, por lo general, por lo menos dos horas, es decir, entre las 8 y las 10 de la noche. Pero, precisamente en la noche en la que se había planeado el atentado, Hitler tuvo que regresar a Berlín más temprano de lo acostumbrado; habían escondido una bomba en una cavidad del pilar ubicado detrás del púlpito, pero Hitler abandonó el lugar a las 9 de la noche.

Esta bomba explotó a las 9:10 de la noche, el 8 de noviembre de 1939, dejando un saldo de 6 muertos y 50 heridos. Si Hitler no se hubiera ido 10 minutos antes, él habría sido la persona más cercana de la explosión.

Este hecho –salvarse por un margen tan escaso– fue un éxito de propaganda, pues ahora se creía que la providencia había tomado de la mano a Hitler.

Providencia o cálculo

En realidad, el servicio secreto inglés había informado a la policía estatal secreta alemana de que Elser había recibido 4.000 marcos en la ciudad de Zúrich y, además, de que este dinero sería usado para preparar un atentado contra Hitler.

Elser pertenecía a un grupo de resistencia comunista, Agitprop, pero después de la prohibición del partido comunista empezó a trabajar por su cuenta. Fue vigilado con precisión y se descubrió que se encerraba noche tras noche en la Bürgerbräukeller; de esta manera se pudo registrar con precisión hasta qué punto él había avanzado en la excavación del pilar. Por la mañana, después de culminar su trabajo, ocultaba cuidadosamente su obra. Por esta razón, la noche en la cual Hitler dio su discurso, la Gestapo sabía de antemano que el detonador estaba fijado para las 9:10 pm.

Huida

No era difícil adivinar que, después de ello, Elser buscaría refugio en el extranjero. Por este motivo se emprendió una persecución discreta y se dispusieron puestos de control en todas las estaciones fronterizas; gracias a ello, Elser fue apresado en la frontera con Suiza antes de que explotara la bomba. En su ropa había rastros de yeso y argamasa difíciles de disimular, los cuales fueron usados posteriormente como pruebas.

Pregunta

¿Por qué Hitler no impidió este atentado que cobró la vida de 6 de sus seguidores y dejó a 50 heridos?

Él podía adelantar un juicio y relacionar este atentado con un complot mucho mayor que incluyera a varios de sus generales. Vio que esta opción era mucho más beneficiosa para su movimiento que el simple hecho de capturar a un delincuente aislado antes de que hubiera podido llevar a cabo su intento de asesinato.

Churchill insistía en mantener vivo a Hitler. "Él es nuestro mejor aliado: si él no existiera, no tendríamos ninguna excusa ante los ojos del mundo para destruir a Alemania. Nosotros no luchamos contra los nazis; nosotros luchamos contra el pueblo alemán. Este pueblo amenaza nuestra supremacía".

Conspiración

Hitler hizo una oferta de paz a Inglaterra poco después de la ofensiva en Polonia. Pero esta oferta fue rechazada con la siguiente justificación: "con Hitler no se negocia". Como los generales alemanes tenían claro que una guerra contra Inglaterra conduciría a una nueva guerra mundial, ellos intentaron por todos los medios restablecer una paz que, al incluir a Hitler, era imposible de aceptar para los ingleses. Por este motivo decidieron capturar a Hitler y deponerlo. Ellos querían, sin embargo, asegurarse de que Inglaterra estuviera dispuesta a hacer las paces. Canaris insistió en que Hitler no debía ser asesinado, a diferencia de lo que ocurrió en 1944 en Bonhoeffer.

Enviaron varios negociadores a encontrarse con Chamberlain quien, como la mayoría de los miembros de su gabinete, consideraba absurda la guerra, pues ellos tenían bastante claro que el Imperio Británico no saldría ileso de ella.

Si Hitler hubiera sido depuesto, se habría alcanzado un acuerdo.

Él único en contra era Churchill. Perdió al obtener menos votos.

La argucia de Churchill

Churchill usó una artimaña para hacer valer su voluntad. Él, en calidad de jefe del SIS, contactó con la Gestapo alemana. Ellos expusieron con toda claridad los planes de los generales, acompañados de una lista con todos los nombres. El nombre de Elser estaba en la misma lista.

Desconocimiento

Chamberlain y los miembros de su gabinete no tenían ni idea de esto. Nunca habrían pensado que tal infamia sería posible. Por eso asumieron que el plan para eliminar a Hitler sería transformado después del intento de asesinato en la Bürgerbräukeller. Chamberlain envió entonces a dos de sus negociadores al día siguiente al otro lado de la frontera holandesa, cerca de Venlo, para que hicieran contacto con los conspiradores.

Incidente de Venlo

Ya estaban esperándolos al otro lado de la frontera. Los saludaron amistosamente: "Los estábamos esperando". "Están en el lugar indicado". "Ustedes quieren hacer caer al Führer con ayuda de los generales alemanes". "Con su permiso, me voy a presentar: soy Schellenberg, jefe de la Gestapo alemana". Los negociadores ingleses corrieron directos a los brazos del servicio secreto alemán. Estos fueron interrogados y encarcelados inmediatamente. Solo fueron liberados después de la guerra, en mayo de 1945.

Unconditional surrender

La inteligencia británica estaba completamente destruida en el territorio continental. Churchill tenía toda la razón. Él no

75

quería, en absoluto, llegar a ninguna negociación, sino que insistió en una rendición incondicional; esto es, Alemania no debería tener la menor injerencia después de la derrota. Alemania debería sufrir una derrota total, al igual que Cartago después de la 3ª Guerra Púnica. Ese era el modelo histórico.

Generales alemanes

Hoy en día se cree ampliamente que los generales alemanes eran demasiado obedientes a la autoridad, desmoralizados y serviles. Los acontecimientos en torno a Venlo demuestran que esto no es cierto. En la conspiración contra Hitler había tantos generales implicados que Hitler ni siquiera pudo pensar en un castigo. Su ejército en Polonia se habría quedado casi sin generales. Los generales solo fueron llevados ante la justicia y ejecutados años después, en 1944, durante el proceso por el atentado de Staufenberg.

Pero también hay que tener en cuenta al general Paulus, quien, en contra de las órdenes de Hitler, batalló en Stalingrado de manera desesperada; él se enfrentó a las tropas soviéticas con 100.000 hombres y solo 10.000 sobrevivieron. O a Choltitz, quien entregó París sin haber luchado aunque Hitler había declarado a la ciudad como una fortaleza, lo que habría provocado la destrucción total de la ciudad.

Primeras acciones de combate (2.10)

Dentro y alrededor de Gdansk

Houston intervino en ese momento. En su recopilación de información sobre las primeras acciones de combate él ya había recogido muchos detalles. En ningún caso se trató de aquella imagen que siempre quiso representar la historia oficial, con una aplanadora alemana aplastando a polacos sorprendidos; todo lo contrario: los polacos contaban con un ejército que se enfrentó valiente a la lucha, un ejército de 1 millón de soldados listos para la batalla, preparados y perfectamente equipados. El propio Hitler hace explícito el gran heroísmo de los polacos y, por lo tanto, contradice abiertamente las representaciones de la prensa mundial, que afirman que él barrió con facilidad a la resistencia polaca.

Vaticinios

Nadie esperaba que los polacos tuvieran que retirarse de Gdansk al cabo de pocos días, ni mucho menos que fueran derrotados en 14 días. Churchill tampoco contaba con eso; él había asumido que los polacos ganarían rápidamente en el momento en el que prometió apoyarlos y, además, estaba seguro de que no necesitarían apoyo militar. Los primeros reportajes de los grandes diarios, como por ejemplo el Times de Londres y Le Monde de París, describían grandes victorias de la caballería polaca sobre los atacantes alemanes. Estos artículos habían sido escritos precipitadamente, semanas antes del estallido de la guerra, y fueron impresos el primer día de batalla. Todavía se pueden leer en los archivos de las editoriales.

Error de cálculo

Este error de cálculo no es ninguna sorpresa si consideramos que Alemania, después del Tratado de Versalles, solo tenía permitido mantener un ejército de 100.000 hombres. Un ejército más pequeño que el de la República Checa o los Países Bajos. Y, además, Hitler contó con unos pocos años para rearmarlo. Polonia ya se había aprovechado varias veces esta debilidad militar y en agosto de 1919 y agosto de 1920 invadieron el territorio del Reich. En 1930 y 1931 hubo planes para invadir Berlín y conquistar Silesia, pero estos no se llevaron a cabo porque el gobierno francés, después de largas deliberaciones, no quiso participar.

Vacilación de Stalin

Stalin tampoco estaba seguro de que los alemanes pudieran vencer a los millones de polacos. Por lo tanto, esperó hasta el 17 de septiembre, 16 días después del comienzo de la guerra, y marchó hasta la línea de demarcación acordada en el Pacto de no agresión germano-soviético. Los grupos se reunieron por primera vez en Brest-Litovsk el 18 de septiembre, precisamente en la línea de demarcación que supuestamente debía separar la esfera de influencia de las dos grandes potencias.

Capitulación en Varsovia

Varsovia tuvo que rendirse después de 10 días. El gobierno polaco huyó al extranjero con 100.000 combatientes polacos que querían continuar la lucha de resistencia en el extranjero. Los polacos, sin embargo, se sintieron abandonados por Inglaterra. Churchill había prometido apoyar a Polonia en caso de ataque, pero no levantó un solo dedo. En lo referente al ataque de los rusos dijo únicamente lo siguiente: "El apoyo solo habría sido valido contra el ataque alemán".

Él no quería tener problemas con Stalin.

Hechos alternativos

Churchill le debía una explicación a los polacos por haberlos defraudado en el ataque de los rusos y de los alemanes.

Él, por su lado, describió como un gran éxito que Stalin ocupara ahora Estonia y Letonia y que, además, conquistara los territorios de Polonia oriental hasta la línea de demarcación.

"De este modo", dijo, "hemos creado un muro para frenar la conquista de Hitler de Europa oriental".

¿Calmó a los polacos con esta explicación? En aquel entonces no se usaba todavía el término de "hechos alternativos", pero la distorsión de las circunstancias realizada por Churchill bien podría describirse así.

Domingo sangriento de Bydgoszcz

Conforme pasaba el tiempo, el curso de la guerra en Polonia se fue volviendo cada vez más cruel. Los soldados polacos, entretanto, se habían vengado de la población alemana en la ciudad de Bydgoszcz, predominantemente ocupada por alemanes, y habían causado masacres. Por otra parte, esto condujo posteriormente a actos de venganza de soldados alemanes contra la población polaca.

Oficiales de la vieja escuela, con conceptos de honor y caballería, querían castigar estos ataques de los alemanes (bombardeos, saqueos, tiroteos). Hitler, sin embargo, prohibió el castigo de tales crímenes, pus él temía que esto debilitaría la influencia de su ejército en un momento crítico de la guerra.

Esta misma justificación sigue usándose hoy en día. De acuerdo a la ley estadounidense, los crímenes de los soldados estadounidenses en las zonas de guerra no pueden ser castigados.

Drôle de Guerre (2.11)

Guerra en occidente

En occidente no pasó nada. Hitler había emitido la orden de que no se disparara ningún tiro y de que no se pisara un metro de territorio enemigo sin su orden explícita. Según el pacto Briand-Kellogg, las guerras defensivas estaban permitidas, pero no las guerras de agresión. Francia e Inglaterra se habían adherido a este pacto, al igual que Alemania. Entonces, si los alemanes no atacaban a estos países, no podía calificársele de agresores. Hitler, por lo tanto, consideró que era muy importante que estos países atacaran primero, para así poderlos calificar como agresores. Esto condujo, como dirían los ingleses, a una "phoney war", una guerra de broma.

Minas de agua

Churchill tenía una imaginación floreciente. Él quería, originalmente, ser novelista; su primera gran novela, "Savrola", cuenta la historia de un héroe revolucionario. La novela está narrada en primera persona por este héroe y, obviamente, allí emerge como un gran vencedor de todas las luchas. El nombre de "Savrola" remonta a Savanarola, un monje florentino que acabó en la hoguera.

Churchill, afecto a la fantasía, sugirió lanzar decenas de miles de minas de agua sobre la orilla francesa del río Mosela, al norte de Tréveris, y hacerlas explotar en todas las ciudades aledañas al río. Estas deberían ser arrojadas hasta Coblenza, donde el Mosela desemboca en el Rin, haciendo que las ciudades de Renania disfrutasen de este espectáculo de fuegos artificiales.

Los franceses, sin embargo, boicotearon esta propuesta, alegando que algunas minas podrían llegar a la parte holandesa del Rin y que los Países Bajos, más cercanos a los países aliados y oficialmente neutrales, no estarían muy contentos con esta idea.

Sarre

En Sarre, seis pueblos pequeños se encontraban fuera del cinturón de fortificación alemán, la Línea Sigfrido. Estos pueblos pequeños habían sido despejados después de la declaración de guerra por parte de los aliados. Sin embargo, un general francés no pudo resistirse a ocupar, por lo menos, este lugar. En ese caso, estaba permitido dispararle a estos franceses, pues eran invasores. No se trataba de una guerra de ataque, sino de una de defensa. Desgraciadamente, 2.000 jóvenes franceses tuvieron que pagar con sus vidas la aventura de su general.

Narvik

En las guerras se necesita hierro y acero. Alemania tenía muy poco. El mineral de hierro se obtuvo, entonces, del yacimiento minero en Kiruna, Suecia. Este mineral se enviaba desde el puerto adyacente de Narvik. Los ingleses lo sabían. Churchill, que había sido nombrado comandante supremo de la flota cuando estalló la guerra, quiso cortar esta ruta marítima entre la mina y Alemania. Todos los puertos noruegos –Bergen, Tromsö, Hammerfest, etc.– debían ser minados; de esta manera, los barcos alemanes no podrían navegar cerca de la costa y estarían obligados a navegar en mar abierto, donde podrían ser fácilmente interceptados y hundidos por la flota inglesa.

Derrota

Mientras que el gabinete de guerra británico seguía debatiendo sobre qué barco inglés debería minar qué puerto noruego, llegó la noticia de que "Hitler ya había ocupado el puerto de Narvik". De nada sirvió alegar que estaban violando la soberanía noruega. Claro, como si los ingleses les hubieran pedido permiso a los noruegos para minar sus puertos.

Primera derrota

Churchill tuvo que actuar. Toda la flota de la armada británica corrió hacia Narvik y luego tuvo que retirarse al toparse con tres barcos alemanes. Por cierto, estos tres barcos eran los únicos que poseía Alemania, pues después de la Primera Guerra Mundial tuvo que entregar toda la flota imperial a los ingleses. Construir un barco llevaba tiempo y Hitler no había podido hacer más hasta ese momento.

Scapa Flow

La armada alemana se estableció en Scapa Flow al final de la Primera Guerra Mundial. Sin embargo, el almirante alemán no quiso entregar la flota a los ingleses y dio la orden de hundirla en su totalidad. Todos los barcos permanecen allí, con sus nombres pomposos, en el lecho marino. Este es el cementerio de barcos más grande del mundo. Precisamente en ese gran cementerio de barcos, el 14 de octubre de 1939, un submarino alemán hundió al primer barco inglés: el Royal Oak. Este es un lugar simbólico.

Dimisión de Chamberlain

El diletantismo del almirante supremo, Churchill, causó mucha vergüenza y desató consecuencias inevitables. Neville

Chamberlain tomó toda la responsabilidad del fracaso de Churchill, su almirante en jefe, y renunció. Y, oh, divina lógica: se designó como sucesor de este caudillo supremo a Churchill, semejante genio, dotado ya con poderes dictatoriales.

Blitz (2.12)

Fin de la guerra de broma

En el momento en el que esto se supo en Berlín, quedó claro que ya no habría negociación ni vuelta a atrás con Churchill. La guerra de broma se convirtió en la "Blitzkrieg", guerra relámpago. Hitler tuvo que atacar: la ofensiva occidental comenzó el 10 de mayo de 1940 y, entre el 27 de mayo y el 4 de junio, todavía había batallas en Dunkerque. Después de esto, la guerra relámpago terminó y el ejército conjunto de Francia e Inglaterra fue vencida.

Sangre, sudor y lágrimas

Churchill llevaba en el cargo 10 días. Al principio de su mandato pronunció su famoso discurso en el cual dijo "Solo puedo prometer sangre, sudor y lágrimas" ("I have nothing to offer but blood, toil, tears and sweat", en el original). Dos semanas más tarde, volvió a demostrar su ingeniosa capacidad de mando.

Black dog

Churchill lo admitió: Hitler había ganado. "Pero, por la estupidez de sus generales, ha estropeado la victoria." Ellos desaprovecharon la oportunidad de capturar a los ingleses derrotados. Esa era la opinión de Churchill. En aquel caso la guerra habría terminado. Los políticos pacifistas británicos ya no habrían dejado que Churchill impusiera la continuación de la guerra.

¿Engaño?

No está claro si esta vez Churchill estaba esforzándose deliberadamente por engañar o si, por el contrario, él realmente ignoraba que los generales alemanes habían emprendido la captura de los ingleses y que luego el mismo Hitler les había impedido tomar prisioneros. Hitler permitió deliberadamente que los ingleses huyeran, pues suponía lo siguiente: si le ahorraba a los ingleses la vergüenza de ser capturados y, además, no hería su orgullo, sería mucho más probable que pudiera contar con los deseos de paz de los miembros del gobierno inglés que tenían la intención de ser amigables con él.

Sin embargo, estaba completamente equivocado en este asunto.

Rescate

300.000 soldados británicos pudieron salvarse yendo en bote hacia Inglaterra a través de esta estrecha parte del canal. También hubo 85.000 soldados franceses que alcanzaron a llegar a Inglaterra. Todo el material militar de ambos ejércitos fue abandonado como chatarra, incluyendo el armamento que Onassis había estado transportando durante muchos años. Solo se contó con una semana exacta para este rescate (entre el 27 de mayo y el 4 de junio de 1940).

Sin resistencia

Las tropas alemanas ocuparon París, sin recibir resistencia, diez días después, mientras que la mayoría del ejército francés, derrotado, se retiró hacia Burdeos. El Mariscal Pétain, quien había sido el gran héroe en la batalla de Verdún en la Primera Guerra y ahora contaba con 84 años, fue determinante en la retirada francesa y en la decisión de no oponer resistencia.

Capitulación

Presentó la rendición el 22 de julio de 1940 en Compiègne, precisamente en el mismo vagón histórico en el que se firmó el vergonzoso pacto de Versalles. Se decidió que el norte de Francia sería administrado por Alemania. El sur de Francia debía mantener un gobierno francés independiente. Sin embargo, el gobierno provisional francés debía ser trasladado a Vichy, pues las costas a lo largo del canal y del Océano Atlántico habían sido ocupadas y fortificadas por razones defensivas. Pétain debería ser el nuevo presidente de Francia.

Colaboración

La cooperación con los alemanes era imprescindible si se quería abastecer a la población del sur, mantener el comercio y tener cualquier tipo de vida estatal. Hitler deseaba que Francia se convirtiera en un aliado de Alemania en la lucha contra Inglaterra, pero Pétain rechazó tajantemente esta opción. Quería permanecer neutral. Pétain, a pesar de lo anterior, conservó intactos su ejército y su flota de guerra, la segunda más grande después de la inglesa. Esta flota debería asegurar el dominio de la Francia de Vichy sobre sus colonias de Argelia, Marruecos y Túnez. Además de lo anterior, Hitler liberó a 2 millones de prisioneros de guerra franceses.

París

Hitler quería asegurar la buena voluntad de Francia. Las antiguas fronteras debían restablecerse después de la guerra y únicamente la región de Alsacia-Lorena debía permanecer alemana. La vida cultural en París debía seguir viva a pesar de la ocupación alemana. Muchos grandes artistas y actores franceses pudieron continuar su carrera: Cocteau, Max, Ophüls, Jean Marais, Giraudoux, Anouilh y muchos otros se encargaron de proporcionar entretenimiento sofisticado en la capital. Desde el punto de vista de las tropas de ocupación alemanas, la delegación de París era un privilegio. El champán y los vinos selectos, disponibles en abundancia, hicieron que casi todos los días fueran una fiesta.

Pétain

Una vez terminada la guerra, Pétain y todos sus colaboradores fueron atacados de manera increíble; este hombre de 89 años fue incluso condenado a muerte por no haber seguido luchando y por haber colaborado con el enemigo. Pero el general de Gaulle perdonó su pena de muerte y la conmutó por cadena perpetua.

Général de Gaulle

Él, sin embargo, tomó una decisión diferente a la de Pétain. Se encontraba en Burdeos con todos los generales cuando se enteró de que 85.000 soldados franceses habían escapado a Inglaterra. Como él administraba los fondos de la guerra, decidió retirar todo este dinero de Londres (lo cual sí consiguió). Estando allí, hizo prestar juramento a los soldados franceses y declaró el gobierno en el exilio. 4 días después, el 22 de junio de 1940, Pétain se rindió. Las malas lenguas dicen que también lo hizo porque ya no tenía dinero. De Gaulle se había llevado los fondos de la guerra a Inglaterra.

No estamos para nada solos

Churchill quedó inicialmente encantado con este refuerzo. Él también le confió a de Gaulle –lo cual era todavía top secret– que la situación no era de ninguna manera desesperada: FDR había prometido desde hace mucho tiempo que entraría en la guerra y venía preparándose sistemáticamente desde 1932; además de ello, el armamento del ejército estadounidense estaba casi terminado. Sin embargo, todo esto era top secret. Incluso en Washington, sede del gobierno estadounidense, solo unos pocos miembros del gobierno estaban enterados. Por esta razón, de Gaulle tenía prohibido hablar al respecto en su discurso radial. Solo se le permitió decir lo siguiente: "No estamos solos"; es decir, que podían contar con asistencia y ayuda. ¿De quién? Eso era fácil de adivinar.

Deber de informarse

En el congreso se transmitió un interesante intercambio de palabras entre FDR y uno de sus ministros. Después de que el presidente declaró la entrada en la guerra de los Estados Unidos e informó que ya se habían invertido millones de dólares durante los últimos años para este fin, un ministro alegó que el presidente había hecho todo esto sin el conocimiento del parlamento. Ningún miembro del gobierno sabía nada al respecto. La respuesta de FDR fue la siguiente: "Usted debe ser fuertemente reprendido pues, como miembro del gobierno, tiene el deber de informarse de todo lo que sucede". Ahora bien, ¿cómo habría podido ejercer su deber, si todo este asunto era top secret?

La política en Estados Unidos, desde el inicio de la Primera Guerra Mundial, ya no está hecha por el gobierno electo; se lleva a cabo exclusivamente por el servicio secreto.

Yemen

Actualmente se está produciendo un ataque contra el trono de Yemen y mueren más de 3000 personas al año —es decir, 10 al día—, pero ni el senado ni el congreso han debatido el fin o el propósito de estos ataques. Uno solo se entera, de vez en cuando, de que algo salió completamente mal, como cuando, por ejemplo, los 150 asistentes a una boda (150 civiles) fueron accidentalmente atacados y aniquilados.

Gobierno francés en el exilio (2.13)

Atrocidades

La pregunta crucial era la siguiente: ¿cuándo intervendrá Estados Unidos en la guerra? La población estadounidense, en su conjunto, se oponía a participar en guerras europeas. FDR necesitaba entonces de alguna atrocidad que causara la indignación de la población para, de esta manera, prepararla para entrar en la guerra. Se prepararon varias noticias falsas para tal menester, pero no se creía que tuvieran ningún efecto. Walt Disney debía hacer una caricatura en la cual Hitler apareciera desayunando cada mañana con un bebé bien alimentado. Pero, como el vegetarianismo de Hitler había sido objeto reciente de burlas, se consideró que esto no sería una buena idea. Luego hubo una segunda sugerencia: mostrar a soldados de la SS cortándole el vientre a mujeres embarazadas y comiéndose los fetos al lado de la fogata, como si fueran un plato exquisito. Esta idea también fue rechazada, pues era preferible mostrar a la gente de la SS como bárbaros que comen jabalíes crudos, por ejemplo, a retratarlos como amantes de delicias extravagantes.

Eugenesia

Los incidentes verdaderamente inhumanos de Alemania que sí se conocían por aquel entonces eran los siguientes: la muerte sin sufrimiento físico de discapacitados hereditarios, descrita usando el eufemismo de "eutanasia". Estos hechos también causaron muchas protestas en Alemania. Ahora bien, no eran suficientes para justificar una guerra. Además, los primeros investigadores de la eugenesia reconocidos internacionalmente procedían de los Estados Unidos. La ciencia de la descendencia y su salud hereditaria se originó allí.

Leyes judías

Los judíos ortodoxos también respaldaban las leyes que prohibían el matrimonio entre arios y judíos, incluyendo otras razas. Ellos rechazaban estos matrimonios mixtos, pues no permiten preservar su identidad. Se dice incluso que Hitler había prometido hacer estas leyes a cambio de que Rothschild financiara su campaña electoral. Hoy en día, de hecho, en Israel ningún judío puede casarse con alguien que no sea judío. No hay oficina de registro allí. Únicamente un rabino puede oficiar un matrimonio. Si la pareja no cumple con esta preceptiva, deben ir al extranjero y contraer matrimonio allí (el lugar más cercano es Chipre). Este matrimonio, sin embargo, se reconoce en Israel.

Mazalquivir

El apego de de Gaulle a Churchill se sometió a una dura prueba cuando este último usó sus aviones para atacar y hundir la flota francesa en Mazalquivir. Se suponía que esta flota debía usarse para garantizar la supremacía del gobierno francés de Vichy sobre sus colonias africanas. Churchill, sin embargo, alegó que Hitler podría apropiarse de esta gran flota de guerra y usarla para combatir contra Inglaterra, si bien cualquiera sabía que esto era completamente falso. Y así se hundió la flota neutral de un país que no estaba en guerra con Inglaterra, violando el derecho internacional y cobrando la vida de 1300 marineros franceses.

Pero de Gaulle no podía permitir que este hecho permaneciera sin réplica. "Esto es un crimen de guerra", le dijo a Churchill.

Churchill contestó, como era obvio, riéndose: "Pero, si yo soy el ganador, ya no será un crimen de guerra". Luego añadió lo siguiente: "Si sigue haciéndome reclamos, pediré que le liquiden". Churchill estaba muy orgulloso de su francés, así que incluso se lo repitió en francés: "Si vous m'obstaclerez, je vous liquiderai". Ahora bien, "obstacle" significa "obstáculo, impedimento", pero "obstaclerer", en el sentido de "poner obstáculos o impedimentos", no existe. Churchill tenía talento hasta para crear neologismos.

Trozo de filete

También había otros puntos de discordia. FDR había oído que la pieza más valiosa de los franceses en Indochina era Vietnam; allí podía obtenerse mucho, pues la población era inteligente y rica. Le preguntó a Churchill si no sería bueno aprovechar este momento y robarle, "para nosotros", esta zona colonial de Francia. "He oído", dijo, "que de Gaulle está contigo en Londres. ¿No podrías simplemente llevarlo a la vuelta de la esquina?" La respuesta de Churchill fue la siguiente: "Actualmente hay 85.000 franceses que prestaron juramento ante él. Pero, después de la guerra, seguro habrá una oportunidad".

El hijo de FDR

Una carta del hijo de FDR confirma que su padre estaba muy preocupado por el maltrato que Francia ejercía sobre los vietnamitas. Allí también manifiesta que le hubiera gustado apoderarse de este país durante algunos años; de esta manera podría preparársele después para el desarrollo democrático.

Lo mismo aplicaba para las colonias inglesas. Roosevelt quería que todas ellas fueran administradas por Estados Unidos, pues él consideraba que el gobierno estadounidense estaba mejor calificado para hacerlo.

Interpretación de Churchill

Presentó estos planes de una manera positiva. No se trataba, en ningún momento, de una toma de posesión; esto era más bien una unificación entre dos grandes potencias, en pie de igualdad.

Desproporción

Churchill, el little fat man, y de Gaulle, el gigante de casi dos metros, estaban distanciándose cada vez más. Simplemente no encajaban. De Gaulle era un hombre fino y educado, mientras que Churchill era un completo ignorante. Cuando le presentaron a Greta Garbo, la diva inalcanzable y divina, él, con las cámaras delante, le tomó los pechos. Ni siquiera entendía por qué la gente armaba tanto alboroto; solo quería saber si eran de verdad.

En el Dolder, un fino restaurante de Zúrich, le sirvieron una vez un riesling elegante y seco, ignorando que él solamente bebía portos dulces o burdeos pesados. El vino blanco le supo tan amargo que, sin mayores ambages, lo escupió en el plato de su vecina. Tampoco entendió el alboroto causado por este hecho si, al fin y al cabo, a esta mujer le habían traído un plato nuevo. Los ingleses lo llamaban por eso "guttersnipe", que bien puede traducirse como "rata de alcantarilla" o "malandro".

Día X

De Gaulle no fue tenido en cuenta para ninguna decisión política. Por ejemplo, cuando se planeó el desembarco de los aliados en Bretaña, solo le avisaron la noche anterior. El bombardeo de la zona costera de Francia no tuvo en cuenta a la población civil de este país. La destrucción total de Saint-Malo, de la bella ciudad de Caen o, incluso, de la gran ciudad de Marsella, fue totalmente injustificada, pues los aliados alegaron como pretexto que los soldados alemanes se habían atrincherado allí.

Casablanca

El desembarco violento en Marruecos y la conquista de Casablanca eran incompatibles con el derecho internacional. La administración del gobierno neutral de Vichy seguía gobernando allí. Sin embargo, las luchas de los franceses leales al gobierno fueron breves, pues la superioridad militar de los británicos y estadounidenses era considerable. Allí murieron, "únicamente", unos pocos centenares de soldados franceses; Churchill pudo llevar a cabo la conferencia en Casablanca junto con FDR y comenzar desde allí la campaña del norte de África.

Después de la guerra (2.14)

Desfile de la victoria

Churchill se había imaginado una entrada triunfal en París, la capital francesa. Se veía a sí mismo, acompañado de sus tropas, a la cabeza de la marcha triunfal, luego imaginaba que seguirían los estadounidenses, seguidos de los polacos y, por último, de Gaulle con sus franceses.

Battle of Paris

Él esperaba con ansias la batalla de París, en la cual todas las espléndidas construcciones de la ciudad caerían entre escombros y cenizas. Sin embargo, este plan se frustró, pues el general Choltitz –oponiéndose a las órdenes de Hitler– entregó la ciudad sin ejercer resistencia.

Entrada

Como Churchill seguía ocupado preparando su marcha triunfal, de Gaulle aprovechó esta oportunidad para entrar primero en París, acompañado de sus franceses.

Esto también le permitió a de Gaulle impedir que los combatientes clandestinos comunistas –que tenían su sede en las fábricas de automóviles Renault– proclamaran una república soviética en París basándose en el modelo de Stalin.

Prostitutas

Churchill le había encargado al servicio secreto que siempre le contara los chistes que circulaban en las zonas espiadas. Cuando oyó el siguiente chiste –en el cual dos prostitutas se quejaban de que el negocio andaba muy mal–, concluyó que, si los alemanes no querían tener más sexo, esto implicaba que su moral de lucha había caído bien bajo. El momento del ataque había llegado.

Y ahora sí, el chiste. Una de ellas dice: "A que no imaginas lo que hoy tuve que hacer por un pedazo de pan". A lo que la otra contesta: "Y esto solo para volver a tener algo caliente dentro…".

Las mujeres que se habían involucrado con alemanes la pasaron muy mal al final de la guerra, incluso a algunas les raparon la cabeza. Fueron conducidas por las calles y a muchas de ellas las fusilaron.

Una servidora del amor, bastante elocuente, fue llevada a juicio por su relación con los alemanes. Cuando le pidieron que se disculpara por sus acciones, ella alegó diciendo que "mon cul est international".

Pero esta dama cosmopolita también fue conducida con el pelo rapado por las calles de París.

Separación (2.15)

"Sonderweg" (el otro camino)

De Gaulle quería alejarse de Inglaterra y Estados Unidos. Él quería una "Europe des patries" (Europa de las Naciones) sin Inglaterra. Este país se había convertido en un vasallo de los Estados Unidos y no tenía lugar en Europa. Francia tampoco se unió a la OTAN y, además, él le dio gran importancia al hecho de que su país también construyese una bomba atómica, pues esto le permitía ser independiente de los Estados Unidos e Inglaterra. Esta bomba era llamada de manera burlona y peyorativa "force de frappe".

Amistad franco-alemana

De Gaulle sabía que los pueblos de Alemania y Francia eran, de hecho, pueblos hermanos. Así lo era al principio, bajo el reinado de Carlomagno (cuyos descendientes fueron los reyes en los reinos oriental y occidental), pero luego se enemistaron, lastimosamente, en el siglo XIX. Él dio un discurso en alemán en Luisburgo y, partir de allí, comenzó la asociación entre los dos estados, acompañada de programas de intercambio entre estudiantes alemanes y franceses. Se dirigió a la juventud alemana diciendo: "Vosotros sois hijos de un pueblo con una cultura muy rica y podéis sentiros orgullosos de pertenecer a él". Esta postura se oponía completamente a aquella impulsada por ingleses y estadounidenses que, acusando al pueblo alemán, insistía en crear un sentimiento de culpa colectiva.

El gobierno alemán, sin embargo, tuvo que asegurar a los estadounidenses que, naturalmente, la amistad con ellos era prioritaria. Los estadounidenses se mostraron muy reacios al ver este acercamiento entre ambos estados.

Reconocimiento

Si se reflexiona sobre los acontecimientos políticos de estos años con algo de perspectiva, se hace necesario valorar el papel de Pétain de otra manera. Fue encarcelado y sentenciado a muerte, sí, pero, básicamente, su rendición salvó a los franceses de la destrucción de sus ciudades y, además, sus 250.000 víctimas son pocas si, por ejemplo, se las compara con los 27 millones de rusos y los 6 millones de polacos. Por ello, Francia debería estarle realmente agradecida.

Años más tarde, Mitterand puso una rosa blanca sobre la tumba de Pétain, en la isla del Atlántico en la cual había sido desterrado; este hecho irritó tanto a los franceses que el presidente casi tuvo que renunciar. Este evento demuestra que los franceses, también, siguen sin superar su histeria bélica.

Después de contar estos relatos, que abarcaron mucho más allá del final de la guerra, se hizo bien tarde, mucho más allá de la medianoche. Cynthia y Charles se despidieron; Douglas también y tomó un taxi de regreso a casa. Acordamos en volvernos a encontrar en un futuro cercano para una nueva ronda de conversaciones. Yo, por mi parte, me hospedé donde Houston. Al día siguiente, después de una corta noche de descanso, dimos un paseo por el Támesis.

El tercer día

Crucero por el Támesis (3.1)

Catedral de San Pablo

Semejante viaje es siempre una experiencia. Nos embarcamos en uno de los barcos regulares, cerca del Tower Brigde, y navegamos río arriba. Es un espectáculo magnífico ver cómo se integran los edificios y los rascacielos modernos con la silueta histórica. Tanto el Shard como la Swiss Re Tower, el Gherkin o el London Eye.

Sin embargo, también hay problemas con la fachada elegantemente curvada de un complejo de edificios de cristal, pues parece que fuera un gran lente ardiente. La luz del sol se concentra y forma un rayo tan potente que quema las superficies metálicas de los automóviles allí estacionados.

Ahora bien, poner una alfombra gigante negra (completamente inapropiada) delante de la fachada no es precisamente una solución definitiva.

La gran cúpula de la Catedral de San Pablo aparece a la derecha inmediatamente después del inicio del viaje. Esta catedral fue construida después del Gran Incendio de Inglaterra; se encargó al gran arquitecto Christopher Wren que la construyera en el mismo lugar en el que se encontraba una iglesia antigua. En la cripta se han erigido cientos de tumbas para héroes de guerra nacionales.

Todo inglés está orgulloso de las muchas guerras que Inglaterra ha librado. Houston también dijo con entusiasmo que no hay otro país sobre la tierra que haya liderado tantas guerras como Inglaterra.

Estados Unidos, desde su fundación y su Guerra de Independencia, ha ido alcanzando gradualmente a los británicos. En los últimos 20 años, Estados Unidos ha llevado a cabo 1.200 intervenciones militares en todas partes del mundo.

"¿Y cómo está la comparación con Alemania?", pregunté. Vosotros, que tan orgullosos estáis de la valentía de vuestros soldados, quedasteis relegados bien atrás en esta escala de participación en guerras.

Suiza

"Solamente hay dos países con los que nunca hemos estado en guerra", dijo, "y estos son Mongolia y Suiza. Mongolia no nos interesaba en lo más mínimo. Los recursos naturales solo han sido descubiertos en los últimos años. Sin embargo, en Suiza sí podríamos haber obtenido mucho dinero". Y en ese momento sucedió algo que me sorprendió: Houston culpó a este país por no permitirle efectuar un atraco. Luego de decir esto, continuó: "Todas esas enormes sumas de dinero que los potentados de todo el mundo han depositado en cuentas suizas podrían ser mucho mejor malversadas por el Bank of England".

No puedes estar hablando en serio. Hay una voz satírica en ti. A causa de mí. Además, una colección de historias también puede contener algunas sátiras.

Descarriado

Nuestra mirada seguía apoyada en la cúpula de la Catedral de San Pablo. En aquel momento, Houston recordó que, durante los ataques de los alemanes a los muelles, un hombre descarriado resultó bombardeando la catedral. Las fotografías de aquellos días muestran el daño que puede hacer un solo impacto.

Houston también contó que Churchill quedó tremendamente impresionado al conversar sobre ello con londinenses de a pie, pues así se percató del fuerte impacto psicológico que implicaba la destrucción de este símbolo. La destrucción de casas particulares o fábricas industriales no desmoraliza tanto a la gente como la caída de monumentos nacionales.

Este hecho le permitió a Churchill llegar a una conclusión. A partir de ese momento, decidió aclararles a sus pilotos que siempre deberían bombardear edificios excepcionales, como por ejemplo catedrales, cúpulas o castillos.

Capilla Palatina

La Capilla Palatina de Aquisgrán, actual Patrimonio de la Humanidad, fue construida por Carlomagno alrededor del año 800, el mismo año en el cual fue erigida, con un estilo similar, la Cúpula de la Roca en Jerusalén. Ahora bien, precisamente esta Capilla debía ser destruida primero. Algunos jóvenes de 16 años que todavía iban a la escuela declararon que no irían a los refugios antiaéreos en caso de un ataque; la razón es la siguiente: como todos los hombres aptos para la guerra se encontraban luchando en el frente, los estudiantes vigilarían la Capilla y la protegerían de eventuales bombardeos que pudieran poner en peligro a las viejas y secas vigas.

Churchill ya había ordenado, en dos ocasiones, atacar a este monumento conmemorativo de la coronación de reyes y emperadores alemanes. Por fortuna, no tuvo éxito.

Catedral de Colonia

Para él también era muy importante que la catedral de Colonia fuera enterrada entre escombros y cenizas. Era un monumento nacional para toda Alemania. La finalización de la catedral, alcanzada en el siglo XIX, fue apoyada por todos los estados alemanes. La catedral debía mostrar que la fe cristiana seguía viviendo en Alemania, incluso después de la anticlerical Revolución Francesa.

Es increíble que esta construcción haya sobrevivido después de recibir 70 impactos.

Viena

En el momento en el que los ataques aéreos se extendieron al sur, hacia Austria, Churchill le dijo a los pilotos encargados de bombardear Viena que debían destruir como fuera la Ópera y la Catedral de San Esteban. Y lo consiguieron. La Ópera, lugar donde Mozart estrenó varias de sus famosas óperas, era un símbolo de Viena, capital mundial de la música; la Catedral de San Esteban, por su lado, fue usada para la coronación de los emperadores de la Casa de Habsburgo.

Catedral de Estrasburgo

Esta edificación fue clasificada por Hitler como un monumento nacional de la arquitectura alemana. Goethe estudió en Estrasburgo y escribió sobre el arquitecto que diseñó esta obra: Erwin von Steinbach. Ahora bien, vale recordar que Estrasburgo no estaba en la zona de batalla al principio de la guerra y que solo estaba habitada por franceses. Por eso Churchill tuvo que esperar hasta la primavera de 1945 para poder destruir este monumento; la oportunidad se presentó cuando los soldados alemanes escapaban del frente oriental y huían hacia el sur de Alemania a través de Estrasburgo. El daño a la catedral fue enorme y los franceses tuvieron que esperar 20 años para poder empezar a reconstruirla. Churchill pudo justificar el bombardeo alegando que atacaba a soldados en retirada.

Globe Theatre

A la izquierda emergió el Globe Theatre: el escenario de Shakespeare. Churchill ha afirmado saberse de memoria todos sus dramas. Tenía una memoria realmente fenomenal. También le gustaban mucho las obras de Shakespeare. Él decía que uno podía saber que una obra había terminado al momento de ver muchos cadáveres yaciendo sobre el escenario. Semejante visión se correspondía con su instinto asesino.

Soldados de plomo

Como él padecía de discalculia —y era inútil enseñarle aritmética—, su profesor particular prefirió enseñarle historia usando su gran colección de soldados de plomo. La Batalla de Waterloo con Wellington, la Batalla de Trafalgar, las batallas de César y Alejandro. Las batallas terminaban únicamente cuando los soldados de ambos bandos habían caído.

La opinión de papá

El padre de Churchill observaba ocasionalmente cómo el pequeño jugaba con los soldados de plomo. Churchill comentó al respecto: "Reconoció mi genio militar desde el principio y decidió inscribirme en la Academia Militar Sandhurst".

Tiempo después, relativizó este halago: "Mi padre, al verme jugar con soldados de plomo, descubrió muy pronto que estudiar en Oxford era imposible para mí".

Hotel Savoy

Este es quizás el hotel más distinguido de Londres, su tamaño es además enorme. Muchos recuerdos están atados a él y muchas celebridades han pasado allí la noche. Sus techos y pisos superiores aparecieron a la derecha, frente a nuestros ojos.

Houston me contó qué celebridades han pernoctado allí. A mí me interesaba, sobre todo, la anécdota que involucraba a

Herbert Hoover: durante la Primera Guerra Mundial muchos estadounidenses se quedaron varados en este lugar y Hoover pagó por su hospedaje de su propio bolsillo. El estallido de la guerra los había tomado por sorpresa en Europa y no podían regresar a Estados Unidos inmediatamente; el problema es que no tenían dinero para poder seguir pagando por su estadía en el hotel. Hoover pidió incluso a algunos amigos suyos que ayudaran con fondos privados. Los norteamericanos desamparados transfirieron todas las sumas, exceptuando 400 dólares.

Operación de asistencia

Poco después de eso, Hoover lanzó una gran operación cuando, debido a la marcha de las tropas alemanas y el estallido de la Primera Guerra Mundial, los suministros de toda la población de Bélgica se colapsaron. La ley marcial dispone que el país ocupante es responsable de la población del país ocupado. Pero en este caso, debido a la difícil situación, el emperador Guillermo no estaba en capacidad de hacerlo. Y más aún si se tiene en cuenta que Churchill había ordenado el bloqueo marítimo, imposibilitando así el acceso al puerto belga. Hoover consiguió cruzar las líneas enemigas llevando una bandera libre, es decir, sin ser atacado, y abasteció a los belgas a través de un puerto holandés.

El emperador alemán estuvo de acuerdo con esta operación y sintió gran alivio, pero Churchill estaba fuera de sí, argumentando lo siguiente: "Si los belgas mueren de hambre, esto será un crimen de guerra que, a su vez, podrá endilgársele al emperador alemán. Y a mí me encantaría ordenar que lo ahorcasen". Si bien los belgas eran aliados de los ingleses,

Churchill hubiera preferido su muerte, y no una operación de asistencia como la de Hoover.

Hoover era la persona más odiada por él. "Lo odio más que a Hitler". Luego te contaré más sobre esa enemistad, dijo Houston.

La Gran Inundación de Mississippi de 1927

Es la más grande de la historia. 70 mil kilómetros cuadrados yacían bajo nueve metros de agua. Las víctimas de la inundación no tenían nada más que su ropa mojada. Hoover llegó allí y, sin más ni más, les dio dinero de sus propios bolsillos para que pudieran comprar algo de comer en los días siguientes.

Hoy en día se declara el estado de emergencia, el gobernador hace una visita y luego promete una asistencia que puede incluso tardar meses en llegar.

Elección presidencial

Hoover se había ganado la confianza del pueblo estadounidense con estas medidas y el año siguiente, a pesar de que toda la prensa se había dedicado únicamente a difundir calumnias y mentiras sobre él, fue elegido presidente.

Paralelismo

Hoy estamos presenciando un paralelismo sorprendente: los estadounidenses votaron en contra de la voluntad del establishment y, a pesar de la contrapropaganda de todos los periódicos, eligieron a Trump. Y no a Hillary Clinton.

Los bancos ricos gastaron en vano mil millones de dólares para apoyar la campaña de Hillary. Esta es una señal de lo siguiente: el poder de la prensa no es todavía omnipotente, pues cada vez más gente lo reconoce como mentiroso.

Nancy Astor (3.2)

Waldorf Astoria

El Waldorf Astoria, cerca de la Royal Opera House, es otro de los hoteles nobles y distinguidos de Londres. También vimos su techo desde la embarcación. El propietario de este hotel tiene otro con el mismo nombre en Nueva York. Su esposa se llamaba Nancy Astor y fue la primera mujer en hacer parte del Parlamento Británico. Pero Churchill, un verdadero misógino, se burló de la situación y dijo lo siguiente: "este tipo aparece ahora en el parlamento como si estuviera desnudo en una tina de su casa y se sorprende de ver a un intruso (intruder) no invitado".

Cambio de partido

Cada uno se cruzaba en los proyectos del otro. Churchill era un noble y, por supuesto, se unió al Partido Conservador, al igual que Nancy Astor. Este partido representaba los intereses de la gente acomodada y apoyaba el uso de aranceles proteccionistas que, a su vez, le proporcionaban grandes ingresos a este sector de la sociedad. Sin embargo, a Churchill le asignaron una zona en la que el Partido Laborista era mayoritario. La posibilidad de ser elegido era, por consiguiente, igual a cero. Churchill se cambió entonces al Partido Laborista. Allí podía presentarse como candidato y, de seguro, sería elegido. Ahora bien, al cambiar el partido pasó a defender el libre comercio, garantizándole bienes más baratos a la población más pobre. Churchill se justificó alegando lo siguiente: "Lo importante es poder servir a mi país".

Nancy consideró que esta era la actuación de alguien sin carácter y le dijo: "Si yo fuera tu esposa, pondría veneno en tu té". Churchill contestó: "Querida Nancy, si yo fuera tu esposo, incluso tomaría de ese té".

Este chiste es, a mi juicio, el mejor que hizo.

Baile de disfraces

Churchill llegó a un baile de disfraces con un antifaz negro y un brazo en un cabestrillo, siguiendo el modelo de su admirado Nelson. Nancy se le acercó y le dijo: "No importa lo que te pongas, la gente te reconocerá enseguida. Si alguna vez te diera por llegar sobrio, nadie podría creer que se trata de ti." Churchill, que solía tener respuestas ingeniosas para todo, se quedó esta vez callado.

Último amor de Lord Nelson

Churchill se reconoció a sí mismo en una película en la cual actuaba Vivian Leigh, tanto así que vio esta película veinte veces, conmoviéndose hasta las lágrimas cada vez que la veía. La película muestra cómo la amante de Nelson, Lady Hamilton, se convierte en indigente después de su muerte, mendigando y robando para ganarse la vida. Para Churchill, este era un ejemplo de perseverancia en una situación desesperada y, en el caso actual, un ejemplo de cómo su nación no podía rendirse tras la derrota de Dunkerque. Esta película era para Churchill una obra de arte de la talla de un drama shakesperiano y, además, una prueba de que la guerra, como madre de todas las cosas, estimula a la gente a dar lo mejor de sí.

Una vez más

Nancy y Winston se encontraron en el parlamento pocos días después del baile de disfraces. Nancy se le acercó y dijo: "Tú, una vez más borracho". Y Churchill le contestó: "Escucha bien Nancy, yo estoy borracho ahora, pero mañana en la mañana estaré sobrio otra vez. Pero tú eres fea y punto. Mañana, cuando te mires en el espejo, seguirás igual de fea que ahora." Eso realmente no fue muy gentlemanlike. A partir de entonces, dejaron de molestarse.

Amor despreciado

Churchill lo explicó después así: "Le habría gustado casarse conmigo, pero como yo ya estaba casado, se sintió despreciada".

Esta explicación es típica de Churchill, pero no tiene nadie de cierta. Nancy Astor tenía una apariencia muy hermosa y elegante. Sus fotos pueden encontrarse fácilmente en Internet. Además de eso, su esposo era súper rico, dueño de dos hoteles de clase mundial y mucho más atractivo que el poco agraciado Winston Churchill.

City of London

Nuestro barco, entretanto, recorría todo el paseo marítimo de la City de Londres. Esta zona tiene una milla de largo y una milla de ancho. Es prácticamente el centro de esta ciudad cosmopolita. Ahora bien, no todo el mundo sabe que esta square mile es propiedad privada del Barón de Rothschild. Y es el centro financiero mundial. Durante el día vienen a este lugar cientos de miles de personas para trabajar, pero apenas unos pocos miles tienen derecho a pasar la noche y vivir allí. La City de Londres no es un estado separado, como el Vaticano, pero sí tiene sus propias leyes, protección y administración. Ni siquiera la reina de Inglaterra puede entrar allí sin haberse registrado. El Bank of England, en realidad el Banco Estatal del Reino, no es sino el banco privado de los Rothschild. Esto incluye al Temple Church y a otros templos, así como a escuelas de derecho, a Old Bailey y a un largo etcétera.

Westminster Abbey (3.3)

Westminster

Westminster limita directamente con el extremo oriental de la City of London. Todo el mundo conoce el magnífico edificio del Parlamento y el campanario Big Ben. Allí nos bajamos del barco; luego seguimos caminando hacia la Westminster Abbey a través de una calle milenaria. Este lugar fue construido por Guillermo el Conquistador y él mismo fue coronado allí. A partir de entonces ha sido el impresionante telón de fondo de todos los grandes acontecimientos estatales, manteniendo ese papel hasta nuestros días. Allí se celebran grandes funerales, coronaciones y bodas. Y por último, pero no menos importante, la boda del Príncipe Guillermo y su Kate.

Tumba de Isabel I

Cogimos una audio guide; es un gran invento, seguro, pero Houston podría habérmelo explicado todo mucho mejor. Al llegar a la tumba de la gran Isabel I, bellamente decorada, nos detuvimos por un largo rato. A pocos metros de distancia se encuentra la tumba de María Estuardo; esta es igualmente magnífica y está construida en el mismo estilo. Su hijo, Jacobo I de Inglaterra y VI de Escocia, hizo que la construyeran para su madre; esta tumba no debía ser inferior a la de la reina que la mandó a decapitar.

María Estuardo

Ella era la reina de Escocia, pero había tenido que huir; le había pedido a su caballerango que pusiera una bomba bajo la cama de su cónyuge, el rey, y este hecho molestó a sus súbditos escoceses. Pero ella, al escapar, aterrizó torpemente en Inglaterra. "Torpemente" pues, desde el punto de vista católico, el reinado protestante de Isabel I era inválido (ella había nacido de una unión no reconocida entre Enrique VIII y Ana Bolena). María Estuardo era, desde la perspectiva católica, la primera en el orden de los candidatos al trono, pues los descendientes de otros matrimonios de Enrique VIII no podían ser considerados.

Atentados

Los seguidores de María Estuardo intentaron entonces eliminar a la reina Isabel I mediante varios ataques, pues su intención era que María Estuardo, católica, pudiera ascender al trono. Estas tensiones y atentados propiciaron que se adelantara un proceso contra María Estuardo que, a su vez, concluyó con la reina escocesa siendo decapitada por el hacha del verdugo.

Trágica ironía

La ironía radica en que Isabel I no tuvo hijos. No le quedó más remedio que nombrar como su sucesor al hijo de María Estuardo, su rival. Isabel I nunca se casó y, además, era conocida por muchos como la Reina Virgen. Sin embargo, se ha sabido sobre algunos de sus amoríos, sobre todo de aquellos con los grandes piratas Sir Walter Raleigh y Francis Drake. Sir Walter Raleigh conquistó una colonia en la costa oriental de Norteamérica y le puso como nombre Virginia, que quiere decir "tierra virgen". Es posible que esto sea ironía pura.

Historia insólita

Houston tenía una explicación increíble para estas circunstancias. "Isabel no era una ninguna mujer", dijo, "sino un hombre. Ella, para evitar que su manzana de Adán fuera visible, usaba siempre gorgueras altas y cerradas y además, para evitar que se evidenciaran los residuos de su barba, usaba maquillaje blanco bien fuerte." Entonces ella no era virgen, sino gay –not a virgin but a gay.

Explicación

Houston tenía incluso una explicación inteligente. Me contó que Enrique VIII había descuidado completamente a su hija después de la decapitación de su madre; había dejado de preocuparse por ella y había encargado su crianza a unos monjes. Cuando murió María, la hija de su primer matrimonio católico, se hizo necesario buscar un nuevo sucesor al trono. Ahora bien, la pequeña Isabel había llegado muy debilitada al monasterio y murió rápidamente; los monjes, temiendo la ira del rey, tomaron a un niño de la misma edad de Isabel y lo vistieron con los vestidos viejos de la niña. Este muchacho, obviamente, siguió representando su papel de Isabel hasta el final.

Pegaso

En aquel momento yo tuve que reírme, pero le di a entender a Houston que él, al contar esta historia, no se estaba montando sobre Pegaso, sino sobre una cabra.

Armada

Los méritos políticos mundiales de la gran reina son indiscutibles. Ella hizo de Inglaterra una potencia mundial. Felipe II, rey de España, envió su gran armada hacia Inglaterra, pues quería que Isabel I pagara por la decapitación de María Estuardo, pero sufrió allí su mayor derrota.

No obstante, la verdadera razón para esta confrontación militar era otra: los barcos españoles, cargados de oro proveniente de una tierra recién descubierta, eran atacados y robados constantemente por piratas ingleses. El rey español quería acabar con esto.

Francis Drake

Él es el pirata más grande y el corsario más exitoso de todos los tiempos. Ninguna otra persona le dio más oro a Isabel I. Su gran truco fue el siguiente: no atacar a los galeones españoles en el océano Atlántico, donde contaban con una defensa, sino en el pacífico, donde los pillaban por sorpresa. Nosotros pasamos junto a su galeón, el Golden Hind, y le echamos un vistazo. Está anclado al Támesis. Sin embargo, se trata de una réplica.

El hecho de que Isabel I le diera un título nobiliario es completamente evidente.

Él fue, por cierto, el primer marino en circunnavegar la tierra con vida. Tuvo que llevar el oro robado a lo largo de la ruta occidental a través de la India y del extremo sur de África hasta Inglaterra.

Magallanes fue devorado a mitad de camino, en la isla de Cebú, a manos de unos lugareños. Tan solo uno de sus barcos llegó a Portugal.

Jacobo I de Inglaterra y VI de Escocia

Jacobo I de Inglaterra y VI de Escocia, hijo de María Estuardo y sucesor de Isabel I, nunca fue popular entre el pueblo. Y su hijo, Carlos Estuardo, aún menos. Su vida también terminó con su decapitación. Esta vez el ejecutor fue Cromwell. Los ingleses son realmente muy talentosos para decapitar. Mucho antes de la Revolución Francesa y de la decapitación de María Antonieta y Luis XVI, los ingleses ya eran maestros en el tema.

Poets corner

Los ingleses establecieron un rincón conmemorativo para sus grandes poetas y músicos al final de la nave. Bustos y placas conmemorativas recuerdan a sus grandes artistas. Es un lugar conmovedor y evoca muchos recuerdos. También hay un busto de Händel para conmemorar su vida y obra en Londres. Su "Aleluya" en el "Mesías" no ha sido olvidado. Por supuesto, también hay una estatua de Shakespeare, cuyos sonetos son tan dignos como sus grandes obras escénicas. En el suelo hay una placa para Dickens; su "David Copperfield" es una novela inolvidable. Pero también son recordados Chaucer y sus "Cuentos de Canterbury", mucho más artísticos que el "Decamerón". Tomás Moro, con "Utopía"; Thackeray, con "Vanity Fair" ("La feria de las vanidades"). Lord Byron, Yeats, Keats, todos están allí representados. Wordsworth necesita apenas de unas pocas palabras para evocar la magia de la primavera en sus poemas; en "I Wandered Lonely as a Cloud", al llegar al verso de "a host of golden daffodils"[17], recuerda cómo las praderas de la isla se llenan de narcisos y prímulas.

Me encantaría que en Alemania también tuviéramos un rincón de la memoria como este.

Amistad anglo-alemana

Los estrechos lazos literarios y culturales entre Alemania e Inglaterra comenzaron en tiempos de Goethe, con la recepción de la obra de Shakespeare. Esto podría aprovecharse como un motivo para establecer una estrecha amistad germano-británica; esta amistad podría funcionar de manera similar a la

---

[17] En el texto original se omite el nombre del poema y solo se cita el verso.

franco-alemana que, por su parte, ha posibilitado relaciones muy valiosas. La marcada preferencia de los alemanes por los novelistas ingleses se mantiene en la actualidad.

War rooms (3.4)

Parliament Square

El Poets Corner se encuentra al final del recorrido por la catedral. Devolvimos las audio guides y fuimos caminando a través de la Parliament Square, donde se encuentra una estatua de Churchill, hasta llegar a los war rooms. La entrada se encuentra en la parte trasera del HM Treasury (el Tesoro de su Majestad). El monumento de Churchill se ubicó entre el parlamento y el centro de mando que usó para dirigir la Segunda Guerra Mundial.

Estatua de bronce de Churchill

Churchill, apodado "little fat man", está envuelto en un abrigo de comandante demasiado grande. Su expresión facial está muy bien reproducida y cualquiera podría reconocerlo, incluso sin el cigarro. Allí el aparece como el vencedor sobre el "comandante más grande de todos los tiempos"; es decir, sobre Adolf Hitler, quien era apodado GröFaZ[18]. Ahora bien, cualquier persona sabe que Inglaterra y Francia tienen que agradecer la intervención de Estados Unidos en las dos guerras

---

[18] GröFaZ es un acrónimo formado a partir de la expresión alemana *Größter Feldherr aller Zeiten* ("comandante más grande de todos los tiempos"). Era usado para referirse a Hitler.

mundiales, pues de lo contrario no habrían podido colocarse en el lado de los vencedores.

Crisis de los Sudetes

Los war rooms fueron construidos como refugios a principios de 1938 pues se creía que, debido a la crisis de los Sudetes, se avecinaba inminentemente una guerra con Alemania. En aquel momento se consideró que la placa de hormigón de tres metros de espesor, ubicada entre la planta baja y el sótano, era ideal para protegerse de las bombas.

Baruch

El "Rey de Wall Street" –un hombre que se había convertido en uno de los más ricos gracias a sus especulaciones bursátiles– aconsejó a Churchill, su amigo, que comprara inmediatamente bonos de guerra. Este incluso hizo pidió un préstamo de un millón de dólares. Sin embargo, los bonos perdieron su valor a causa de los sorpresivos acuerdos de paz de Múnich. Churchill quedó entonces totalmente en bancarrota. Ni siquiera alcanzó a reunir el dinero necesario para pagar por los intereses de su préstamo. Incluso su casa privada en Chartwell tuvo que ser empeñada.

Crítica al acuerdo

Si una persona está enterada de lo anterior verá con otros ojos las críticas despiadadas de Churchill al acuerdo de Múnich. De todas maneras, el pueblo de Londres y París celebraba que se hubiera evitado una guerra.

Grandes ganancias

Es comprensible, pues el pueblo es quien realmente tiene que cargar con la sangre, el sudor y las lágrimas. Si la guerra hubiera estallado en esa ocasión, Churchill habría tenido que agregar algún eufemismo a su ya conocida promesa de "sangre, sudor y lágrimas". Pero realmente quería decir lo siguiente: "y las grandes ganancias serán para mí y mi amigo Baruch".

Los ingleses son conocidos por su macabro sentido del humor. Pero es difícil saber si les habría parecido divertido el chiste anterior.

Strakosch

Baruch estaba obviamente obligado a compensar a Churchill por esta catástrofe financiera. Él le pidió entonces a Strakosch que se apoderara de la deuda millonaria de un rico judío vienés y, además, de los inútiles bonos de guerra; Strakosch, a su vez, pudo encargarse de ello con facilidad. Un año más tarde estalló la guerra, gracias a Dios, y Strakosch fue recompensado mil veces por su misericordioso trabajo: el valor de los bonos de guerra volvió a subir.

Entrada

Ya había muchos visitantes esperando frente a la puerta de entrada. Nosotros aprovechamos para echarle un vistazo al St. James Park, pues queda justo al lado y es especialmente hermoso. En la distancia, a través de las ramas y hojas de los árboles, se puede ver el Buckingham Palace. Luego hicimos cola y soportamos un control particularmente minucioso. Es evidente que un ataque a este sitio histórico tendría un valor simbólico especial.

Ya hubo mucha agitación cuando la estatua de Churchill fue profanada. Le habían pintado una esvástica, la habían cubierto de estiércol y la habían orinado. También había problemas con las palomas, pues muchas de ellas se apoyaban sobre la estatua; incluso algunas de ellas dejaban la cara de Churchill untada de excremento blanco. Se encontró, sin embargo, una solución para ello. El metal de la estatua está electrificado y así, por lo menos, las palomas no se sentarán sobre ella. Inicialmente se pensó en poner espinas o alambre de púas sobre la cabeza de Churchill, pero esta idea fue rechazada porque quedaría muy parecido a un crucificado y su corona de espinas.

Sala de conferencias

La primera habitación que uno ve al entrar es la pequeña sala donde Churchill se reunía con su gabinete de guerra. Los war rooms, en resumen, no se caracterizan por el lujo. También hay que tener en cuenta que en este lugar sin aire acondicionado se reunían muchos fumadores empedernidos y que Churchill nunca se quitaba el cigarro de la boca. Trabajar durante esos cinco años de guerra en semejantes salas no debió haber sido un gran placer.

Retrete

Al fondo a la izquierda se encuentra una puerta hermética y llamativa, muy similar a las que suelen verse en las cámaras frigoríficas. También está completamente insonorizada. Es la puerta del retrete privado de Churchill. Nadie más que él podía entrar en esta habitación. Debió haber sido algo extraño ver cómo Churchill, después de haber pasado una hora en su retrete privado, se apresuraba hacia el baño general. Aquello que se conocía como su retrete privado era, en realidad, un cuarto cerrado herméticamente; allí se encontraba la única estación de comunicación accesible para él que, además, servía para comunicarse directamente con FDR. Como se temía que alguien pudiera decodificar esta comunicación, esta conexión tenía su propio lenguaje secreto. Churchill y Roosevelt suponían que este código secreto nunca fue descifrado por los alemanes. Sin embargo, hay informes que demuestran que los alemanes sí lo lograron.

Enigma

Los alemanes habían diseñado un sistema de codificación insuperable técnicamente: Enigma. Un ingenioso inglés, sin embargo, logró hacer lo que parecía imposible: descifrar todos los mensajes secretos intercambiados entre los alemanes y las distintas posiciones del Estado Mayor o de los países aliados a ellos. El trágico final que tuvo este inglés a causa de su homosexualidad es estremecedor.

El único lenguaje secreto que no pudo descifrarse fue desarrollado gracias a una ocurrencia de los estadounidenses: usar un dialecto del idioma indígena Hopi. Para descifrar estos mensajes se habría necesitado tanto tiempo como el que alguna vez Champollion necesitó para descifrar la piedra Rosetta.

Cocina y dormitorio

La cocina, con sus utensilios baratos, es también austera. Estaba únicamente destinada para Churchill. El chef cocinaba únicamente para él. Como se temía que fuera envenenado, nadie más, aparte del mismo Churchill, podía entrar al lugar o comer con él. El dormitorio también es mísero, con apenas una cama sencilla. Clementine, su esposa, tenía que quedarse en la casa privada de Chartwell. Renunciar a tanto debió ser muy significativo para un hombre para el cual el lujo lo era todo.

Cuartos de mapas (3.5)

Mapas mundiales

Los avances de los distintos frentes se marcaban con alfileres en mapas enormes sobre la pared. Churchill informaba a su amigo Franklin lo mejor que podía, pues Franklin era la ignorancia misma en lo que se refiere a geografía. Por cierto, esto es típico de todos los políticos estadounidenses. Ellos viven, al igual que todo el pueblo, in splendid isolation.

San Diego

FDR no habría podido provocar el primer ataque de los japoneses sin la ayuda de Churchill. Sus flying tigers causaron enormes pérdidas a los japoneses, hundiendo cientos de barcos, y él pudo intensificar el ataque todo lo que quiso. Los japoneses podían soportarlo todo. Ahora bien, Churchill tuvo primero que señalarle que ellos no estaban en capacidad de atacar a los Estados Unidos. La autonomía de vuelo de sus aviones era limitada y, por ello, no habrían podido llegar hasta tierra firme en San Diego (donde se encontraba toda la flota del Pacífico). Roosevelt tuvo entonces que mover primero toda la flota hasta Hawaii, pues se encuentra a mitad de camino entre los Estados Unidos y Japón. Sin embargo, el servicio secreto estadounidense permitió que esta información se filtrara. Solo así se hizo posible el "día de la ignominia" (day of ignominy). Churchill podía estar contento, pues ahora contaba de manera oficial con el apoyo de Estados Unidos en la guerra contra Alemania.

Portaaviones

Los estadounidenses se habían dado cuenta de que los barcos, incluso los acorazados blindados, ya no decidirían las batallas en una guerra moderna. Los aviones son más rápidos y una bomba puede hundir un barco que no esté armado. Por este motivo, Roosevelt pudo sacrificar toda la flota del Pacífico, que ya era prácticamente obsoleta, y usarla como señuelo. Obviamente, no sin antes haber acercado cuatro modernos portaaviones a las costas de Japón durante la noche anterior, más concretamente al atolón de Midway. Desde ese punto pudieron empezar a bombardear ciudades japonesas inmediatamente después de la declaración de guerra.

Arizona

La destrucción de la Flota del Pacífico está asociada con destinos humanos trágicos. El barco Arizona volcó y quedó parcialmente a flote. 1.300 marines quedaron atrapados en sus camarotes y era imposible ayudarles. La lucha contra la muerte en el casco del barco duró varios días.

Segunda ola de ataques

Hubo una segunda ola de ataques japoneses. Todos los aviones del aeropuerto de Honolulú fueron destruidos antes de que pudieran incluso despegar. Después se planeó una tercera ola de ataques, esta vez a los tanques de combustible. Sin embargo, este tercer ataque fue cancelado porque los japonenses pensaban que ya habían hecho suficiente daño a los estadounidenses y que ellos ya estarían persuadidos para negociar la paz. Ese fue su gran error. Sin el combustible, los reemplazos habrían durado varias semanas. Pero ahora Roosevelt podía atacar inmediatamente.

Tokio

Las ciudades japonesas, debido a los fuertes y constantes terremotos, habían sido construidas principalmente en madera y tenían un solo piso. El ataque aéreo a Tokio, emprendido predominantemente con bombas incendiarias, encendió una tormenta de fuego que tenía la misma fuerza de un huracán. Cobró más de 100.000 vidas. Los ataques aéreos a todas las ciudades japonesas principales y el enorme número de víctimas son prácticamente desconocidos en Occidente.

Genocidio

La guerra contra Japón estuvo dirigida, desde el principio, contra la población civil. Las cuatro islas principales de Japón son volcánicas y no poseen ningún recurso natural atractivo para los estadounidenses. La población es, por otra parte, muy competente e inteligente. Son un fuerte competidor en la batalla económica. Precisamente por eso no había ningún interés en que estas cuatro islas permanecieran pobladas.

Llamada de Churchill

Churchill solía exigirles a sus soldados lo siguiente: "Mátenlos a todos: hombres, mujeres, niños. Sanos y enfermos. ¿Por qué no debemos bombardear los hospitales, si es precisamente allí donde los heridos se recuperan y quedan preparados para volver a atacar?"

Ese era el complemento exacto a su exigencia: "La raza alemana debe ser totalmente exterminada".

Declaración de guerra

Se le reprochó a Churchill el no haber formulado con suficiente claridad la declaración de guerra contra Japón. Él contestó de esta manera: "Si quiero matar a alguien, ¿por qué no debo expresarlo de una manera muy cortés?"

Explicación

Houston me enseño muchas cosas nuevas con estas historias, cosas que yo apenas conocía superficialmente. Ahora bien, hubo una frase que él tuvo que explicar con más detalle. "Tú hablas de unas negociaciones de paz que los japoneses querían imponer. Y eso no lo entiendo. La guerra empezó realmente con el ataque a Pearl Harbor".

Ignorante

Eres igual de ignorante a como lo era pueblo estadounidense en el momento del "ataque sorpresa" de los japoneses. Corría un vago rumor sobre los planes de guerra contra Japón que adelantaban las élites poderosas y secretas de Estados Unidos. Sin embargo, se desconocían los detalles al respecto. Se había venido propagando una campaña de "America first": optimizar primero la infraestructura del país, impulsar la economía y mejorar las condiciones de vida de la clase trabajadora. Según esta iniciativa, no se necesitaba ninguna guerra contra Japón.

Pero esto solo causaba la risa de Roosevelt. "Esos tontos ni siquiera saben que llevamos cinco años en guerra contra Japón".

Guerra China-Japón

Los dueños del poder en Estados Unidos usaron grandes sumas de dinero para sacar al generalísimo Chiang Kai-shek de la Internacional Comunista, el Komintern, y hacer de él un nacionalista. Y él, para demostrar que era el nuevo líder del gigante imperio de China, debía conquistar Corea (que por aquel entonces era parte de Japón). Estados Unidos corrió con todos los gastos de la guerra y, además, le regaló el armamento al generalísimo. El servicio secreto estadounidense también ayudó a esta misión provocando incidentes que, a su vez, condujeron a intercambios de disparos; estos incidentes son esenciales al principio de una guerra, por lo menos durante la fase más álgida.

Escritores modernos

Houston hizo una pausa. Luego se rio y dijo: "Pero de qué manera la tecnología moderna facilita nuestras vidas. En el pasado, un escritor tenía que retratar y describir todos estos incidentes". Yo, por otra parte, puedo decir lo siguiente: "el que esté interesado puede revisar los detalles en Internet". Larga vida a Internet y Wikipedia.

Proceso de la guerra

La guerra entre China y Japón no transcurrió como Roosevelt se lo había imaginado. No hubo una rápida conquista de Corea y, además, hubo muchos contratiempos. Roosevelt amenazó a Chiang Kai-chek con la suspensión de pagos y él, por su parte, amenazó con detener la lucha. Ese era obviamente el worst case, el peor caso imaginable.

Flying tigers

Roosevelt no tuvo otra opción que la de ayudar a los chinos con hechos concretos. Decidió entonces proporcionarle su fuerza aérea de élite: los flying tigers. En Internet se pueden ver sus aviones pintados de manera llamativa. Oficialmente estaba prohibido que fueran una fuerza gubernamental y, por consiguiente, se dijo que eran voluntarios. Roosevelt llegó incluso a decir que eran rebeldes que se habían opuesto a la voluntad del gobierno y que habían desertado. Sin embargo, sus salarios los pagaba él y las pérdidas de los aviones eran reemplazadas con armamento estadounidense.

Secreto

Es casi un milagro que pueda escondérsele una guerra de cinco años y un escuadrón de cazas del tamaño de los flying tigers a toda una nación. Por supuesto, si la prensa decide guardar silencio, ¿quién asume entonces el papel de informar? Incluso su predecesor en el cargo, el presidente Herbert Hoover, ignoraba completamente que se adelantaba en secreto una guerra contra Japón y, como era de esperar, quedó completamente sorprendido con el ataque a Pearl Harbor.

Este ataque llovió del cielo y sorprendió a todos, menos a Roosevelt y a Churchill.

Museo (3.6)

Coñac armenio

Se ha agregado un pequeño museo junto a los war rooms donde hay muchas ilustraciones en distintos tableros de exposición. También llama la atención una gran mesa en la que se encuentran varios objetos de la vida cotidiana de Churchill (como, por ejemplo, botellas vacías de champaña). Al lado de esta se encuentran las facturas de los envíos de vino. Su gran demanda de whisky era suplida gratuitamente por su amigo Johnny Walker[19]. Su afecto por el coñac armenio era muy conocido y condujo a Stalin a tomar la siguiente decisión después de la conferencia de Yalta: regalarle a Churchill, de parte del estado, una caja anual de este coñac.

Más hermosa que una carta de amor

Este coñac, según la opinión de Churchill, era mejor que las más exquisitas fines de champagne; ahora bien, tenía una graduación elevada, tanto así que Churchill tuvo serios problemas que llegaron incluso a afectar a su familia. El temblor de sus manos se hizo tan fuerte que ya ni podía sostener un vaso; él mismo se dio cuenta que las cosas no podían seguir así. Un tratamiento de rehabilitación era inevitable. Y tenía que funcionar. Tiempo después, le escribió a su amada Clementine: "Tengo una mano firme de nuevo, el temblor ha desaparecido por completo. En los últimos tres días pude cazar 144 pájaros cantores". Clementine le contestó llena

---

[19] John Walker murió antes del nacimiento de Churchill. Es posible que se refiera a un descendiente de él o a la empresa homónima.

de alegría. Su carta puede verse en el museo. "Tu pequeña carta me agradó más que la más hermosa carta de amor."

Levantamiento armenio

Churchill conoció este coñac después de pasar un largo período en Armenia. Inglaterra había establecido y equipado varias oficinas que servían para trabajar en secreto contra el sultán. El gobierno británico pagó por ellas. Hoy en día, por ejemplo, Putin los describiría como agentes. La guerra planeada contra el Imperio Otomano debía prepararse mediante el debilitamiento de su gobierno. Aparte de eso, los británicos pidieron a la iglesia armenia que ayudara en la resistencia ideológica contra el sultán musulmán. Ellos también entrenaron francotiradores y los apoyaron con logística. Más de diez altos funcionarios gubernamentales fueron asesinados con ayuda de los ingleses. Incluso un intento de asesinato contra el sultán se remonta a una iniciativa inglesa.

Genocidio

El gobierno de Estambul no pudo ayudarse a sí mismo cuando la guerra comenzó y se produjo un levantamiento armenio. Él también temía que los armenios se unieran al lado ruso y, por ello, decidió que la única alternativa posible era reubicar a los armenios. La catástrofe causada por este reasentamiento forzoso está ahora clara a los ojos de todos. La incitación británica, sin embargo, permanece oculta.

Se puede entender muy bien que Erdogan no quiera aceptar que los turcos sean los únicos culpables de este desastre.

Botellas de champaña vacías

Estas botellas nos recuerdan a su estrecha amistad con Jinnah. Este último había abandonado la India y había vivido en Londres durante largos años. Él era musulmán y realmente no debería beber alcohol, pero representaba al Islam secular y, por eso, la prohibición no se aplicaba para él. Churchill vio en él a un aliado contra Mahatma Gandhi, que amenazaba al gobierno de Inglaterra sobre la India. A Jinnah le gustaba tanto la vida en Inglaterra que nunca se le pasó por la cabeza regresar a la India; solo lo hizo después de que Churchill le instara a volver y enfrentarse con Gandhi. Por este motivo fue enviado a la India acompañado de 100 combatientes entrenados y 100 millones de dólares.

Fundador de estados

Cada uno de esos 100 combatientes tenía que entrenar a otros 100. Los 100 millones de dólares deberían usarse para este propósito y luego luchar contra Gandhi. Jinnah consiguió realmente separar a los musulmanes de los hindúes. Esto provocó 1 millón de muertos y 13 millones de desplazados, así como también la creación de dos estados nuevos: India y Pakistán (Pakistán estaba dividido inicialmente en Pakistán Occidental y Pakistán Oriental). Jinnah es considerado el fundador de Pakistán. Su impresionante mausoleo se puede admirar en Karachi.

El asesinato de Gandhi

Churchill, al despedirse de su amigo, le sugirió lo siguiente: "Es mejor que uses a un hindú para el asesinato de Gandhi. Ni se te ocurra buscarte a un musulmán, pues en ese caso la gente sospecharía inmediatamente de ti". Así sucedió, efectivamente, y Churchill pudo tener la satisfacción, en 1947, de saber del asesinato de Gandhi. El banquete con champaña había valido la pena.

Jinnah apoyó a Inglaterra con soldados durante la Segunda Guerra Mundial. Sin embargo, él mismo murió un año después del asesinato de Gandhi. Hoy en día, Pakistán ya no es necesariamente un aliado de Inglaterra y Estados Unidos. La factura de Churchill, en últimas, no valió la pena.

Lo que sí persiste es la hostilidad entre India y Pakistán. Los hindúes y musulmanes, después de haber vivido siglos de convivencia pacífica y sin problemas, siguen enemistados.

Caricaturas (3.7)

Pitbull y tigre

En el museo también se pueden encontrar bellas caricaturas de Churchill, como perro pitbull, y de su amigo Clemenceau, como tigre. Ellos fueron buenos amigos durante toda la vida y estaban muy orgullosos de ser dibujados como un bullenbeisser y un felino.

Fines de semana

Clemenceau viajaba con gusto los fines de semana desde París hacia Chartwell, la casa privada de Churchill. Allí los dos fantaseaban, acompañados de unos tragos, sobre cómo repartirse las colonias alemanas en África; ahora bien, vale recordar que esto sucedía muchos años antes de que estallara la guerra.

Churchill quería las colonias alemanas en África Oriental, pues así las colonias inglesas entre El Cairo y Ciudad del Cabo ya no tendrían más enclaves. Clemenceau, por su lado, quería que Camerún y Ghana se conectaran con el territorio colonial francés de África Occidental.

Bagdad y Damasco

Ambos estaban seguros de poder conducir al imperio Otomano a una guerra. Ambos podían repartirse el territorio otomano una vez que la guerra estallara; Inglaterra ya había conquistado Egipto y Francia se había apoderado de Argelia y Túnez.

Churchill pidió para Inglaterra a la fértil Mesopotamia, conocida ahora como Iraq, así como también a Bagdad, su legendaria capital. Churchill, por cierto, estaba bastante molesto porque el emperador alemán había mandado a construir un ferrocarril en Bagdad.

Clemenceau pidió para Francia a la espléndida ciudad de Damasco. En ese lugar el emperador alemán había hecho su famoso brindis con los musulmanes y Clemencau estaba muy indignado por ello. Y no solo quería a Damasco, también quería la zona circundante: Siria.

Mosul

Al fijar las fronteras se tuvo en cuenta que los ricos yacimientos de petróleo deberían quedar en manos de los ingleses. La zona de asentamiento kurda resultó así cortada en dos de manera artificial; esto ha provocado, desde entonces, grandes tensiones y disputas que se mantienen hasta nuestros días.

Jerusalén

Churchill, por supuesto, también pidió la Tierra Santa para él, Palestina. Este era precisamente el lugar donde su amigo Baruch quería establecer un estado judío según el modelo de Herzel. Y de hecho estas fantasías, nacidas en la fiebre del vino, se hicieron posteriormente realidad. Los ingleses, a pesar de la promesa hecha por Balfour a los estadounidenses en nombre de Churchill (donde se aseguraba que ellos permitirían a los judíos fundar su propio estado en Palestina), entraron a la guerra mundial. Justo tres días después desembarcaron los primeros barcos de guerra en las costas palestinas; su objetivo era conquistar el país. Balfour se lo había prometido a los judíos mucho antes de que los ingleses llegaran a la conquista.

Líbano

Entonces, como Inglaterra se quedó con la codiciada Palestina, los franceses tenían que recibir el Líbano y Beirut en compensación.

Como puede verse, las jornadas etílicas en Chartwell no eran delirios de borrachos: allí se escribió la historia del mundo.

Engaño

Por este asunto los dos, pitbull y tigre, terminaron engañando sin escrúpulos a uno de sus aliados más importantes: el emir Fáysal. Lawrence de Arabia, el gran e ingenioso arqueólogo, se había ganado la confianza de este gobernante. La base de su poder residía en la posesión de las santas ciudades de La Meca y Medina. Lawrence debía obtener su simpatía para, de esta manera, poder organizar una rebelión de los árabes contra el sultán en Estambul. Al emir, como recompensa, se le prometió que se convertiría en el gobernante de un imperio árabe unido, con los centros de Damasco, Bagdad, Beirut, Jerusalén, Ammán y, además, todo el territorio de Yemen al sur de La Meca. Churchill le dio carta blanca a Lawrence para decidir la cantidad de dinero necesaria. Fáysal exigió una suma de 350.000 libras mensuales mientras durara la contienda. Esta duró más de dos años. Churchill y Clemenceau, aparte de lo anterior, hicieron otra vileza: como ellos temían que Fáysal se defendería al momento de enterarse de que había sido engañado desde un principio, encargaron a Ibn Saúd una misión; si Fáysal seguía atacando al sultán en el norte, Ibn Saúd debería invadir el corazón de la ciudad fortificada de Fáysal en Riad, así como también a la Meca y Medina. Lawrence de Arabia, sobra decir, no tenía conocimiento de esta engañifa.

Cerdito gordo

En el museo se puede ver otra encantadora caricatura, pintada por el propio Churchill. Allí él se dibujó a sí mismo como "Pig", de acuerdo al apodo que su amada Clementine usaba para él. Incluso él mismo estaba encantado con este apodo. Churchill consideraba que los cerdos tienen algo humano. Los perros son demasiado sumisos y los gatos insidiosos. Pero los cerdos, por su parte, coinciden mucho con los humanos.

Pintura (3.8)

Talento

Churchill tenía talento como pintor. Hay una serie de diapositivas en la cual pueden verse todos sus cuadros. Se tratan, en su mayoría, de paisajes del sur de Francia. Tenía una predilección por los árboles, especialmente por los pinos. "Los árboles no se quejan si los pinto mal, pero con la gente no suele pasar lo mismo".

Retratos

A pesar de lo anterior, sí intentó hacer retratos; su intención era que la representación de sus modelos fuera lo más exacta posible. Alcanzó tal nivel de maestría que la Academia de Artes le concedió el título de Master of Arts.

Terapia

La pintura era a menudo una terapia para él, pues con frecuencia solía tener depresiones. Él mismo dijo que necesitaría pintar cuadros durante 10 millones de años para poderse recuperar del estrés de su vida. Incluso resumió su vida al final de sus días de la siguiente manera: "It's all so boring", todo es dolorosamente aburrido.

Comparación

Como es bien sabido, Hitler también pintaba; lo sorprendente es que ambos tengan un estilo similar. Sus tonalidades de color son casi idénticas y su estilo podría calificarse como post-impresionista. La obra de Hitler, sin embargo, suele estar dominada por estructuras arquitectónicas. Churchill se alegró cuando vio que su trabajo, al ser comparado con el de su rival, quedaba en ventaja: uno de sus cuadros alcanzó un precio de 60.000 libras, mientras que el precio máximo por un cuadro de Hitler fue de solo 40.000 libras.

Frases (3.9)

Colección

Sus frases son muy conocidas. Sus apuntes también son muy populares. Son tan conocidos que casi todo el mundo los ha oído. Algunos de ellos son, por ejemplo: "en mis argumentaciones uso únicamente estadísticas que yo mismo he falsificado" o "los contratos están hechos para romperse".

Si dos personas tienen la misma opinión, una de las dos es superflua.

Si un fumador lee sobre los riesgos del cigarrillo para la salud, este por lo general deja... de leer.

El principal error de la democracia es que hay elecciones.

Es una ventaja cometer los errores, de los cuales uno aprende, bien temprano en la vida.

Los estadounidenses hacen siempre lo correcto, después de haber hecho todo lo demás mal.

También es muy divertida la respuesta que dio a una invitación a una fiesta en el Savoy: "Por supuesto que voy. No me quiero perder el fin del mundo. Sin embargo, primero debo ir donde el odontólogo, no me gustaría morir con orificios en los dientes".

El fin del mundo sucede 2 o 3 veces al año. En el año de 1946 esto tuvo un alcance realmente mundial.

Dientes

Churchill tenía muy malos dientes y estuvo obligado a usar aparatos dentales desde una edad temprana. Los dientes perdidos estaban conectados con alambres de oro. Si su sirviente se olvidaba de dejar lista la prótesis dental, Churchill terminaba yendo sin dientes al parlamento. El miedo de que le sacaran una foto sin dientes y de que esta circulara por el mundo le llenaba de horror. Eso habría sido un desastre. Casi tan malo como si un fotógrafo capturara el momento en el que la reina se escarba la nariz. Cuando esto sucedía no se atrevía a abrir la boca, ni para sonreír, ni para saludar; él permanecía sentado y con una expresión sombría. Por lo general, pasados unos días se disculpaba y explicaba la situación.

Defectos de dicción

Churchill tartamudeaba de niño. Corrigió esta deficiencia, pero quedó con un pequeño problema de dicción: no podía decir la "s" y decía siempre "sh". Era típico que, en todo lo relacionado con él, la gente encontrara un encanto especial es sus discursos. Cada vez que su odontólogo tenía que hacer una nueva prótesis se le aconsejaba que la fabricara de tal manera que se mantuviera esta desviación.

Tiempo después, estando en una gran ceremonia de estado junto a la reina, se puso de pie y le cantó a la reina en el oído: "God shave the Queen" (Dios rape a la reina).

Le molestaba que la reina se hubiera casado con un alemán y esta era su pequeña venganza.

Él era la piedra en el zapato. Churchill acusó a la joven reina, pues el pueblo inglés había sacrificado mucho para destruir a los alemanes. "Y ahora tú, como futura reina, te casas con un alemán", le reprochó. "Ya es suficientemente malo que sangre alemana fluya por tus venas, pero eso no implica que le puedas exigir ese matrimonio a la nación".

El príncipe Felipe se encontraba allí y quiso calmarlo diciendo: "Querido tío Winston, llámame simplemente 'vikingo'. Así lo hacía Frankyboy", dijo él, refiriéndose al estadounidense Franklin Roosevelt. "Pero tus nombres te traicionan como a un alemán", replicó Churchill, "tu madre es una von Battenberg y a través de ella estás incluso en la sucesión del rey griego".

"Entonces podemos traducir mi nombre como 'Mount Batten'. Así lo hizo incluso mi tío, el virrey de la India".

"Pero, y ¿cómo traduciríamos el nombre de tu padre? Su nombre es Holstein-Sonderburg-Glücksburg".

"Lo traduciríamos entonces, muy generosamente, como 'Windsor'. Ese es también el nombre de los Sachsen-Coburg-Gotha".

"Pero a través de él tú estás en la sucesión del rey danés. Si esta sucesión entra en vigor, sucedería lo siguiente : el rey de este pequeño país tendría como esposa a la reina de Inglaterra y a la 'kaiserin' de la India".

"Pues renuncio entonces a la sucesión al trono".

"Simplemente es imposible que Isabel se case con un alemán, ¡basta!"

En ese momento Isabel se involucró en la conversación:

"Viejo desdentado, tú puedes decir lo que se te dé la gana, pero sí me casaré con él".

"Y tú puedes contar con que yo daré lo mejor de mí, hasta el final de mi vida, para que él reciba mala prensa".

E Isabel replicó: "Vete a que te den por el... y en el..."

Dudas

Ahí sí tuve que interrumpir a Houston. Estás volviendo a exagerar con esta historia. No creo para nada que semejantes improperios puedan salir de los labios reales.

Boda por piedad

Hace pocos días, Isabel y su Felipe pudieron celebrar su septuagésimo aniversario de bodas.

Pero esta felicidad no estaba reservada para sus tres hijos. Los tres estaban divorciados. La separación entre Carlos y Diana fue particularmente trágica.

Gibraltar

Houston, al hablar del tema de los dientes, recordó otra historia que Churchill contó una vez en el club. Hitler y Mussolini se reunieron una vez con Franco en Hendaya, en la frontera franco-española. La Segunda Guerra Mundial estaba comenzando y Hitler sugirió que podría conquistar Gibraltar –ocupado por los ingleses– y que luego, tras culminar la guerra, se lo devolvería a España. Gibraltar era importante, pues desde este estrecho podía bloquearse el acceso al Mediterráneo. Esta era, en realidad, una propuesta razonable. Lo que Hitler ignoraba, sin embargo, era que los ingleses ya estaban enterados de este plan. Ahora bien, Franco también había recibido su dinero de Rothschild para el pago de su ejército y sus generales (al igual que su contraparte, la Internacional Comunista); cada uno de sus generales, además, había recibido 2 millones de dólares, pero con la condición expresa de que se opusieran a este plan.

Duras negociaciones

Franco no podía admitir que sus generales rechazaran la obediencia y no se pudo llegar a ningún acuerdo. Estas negociaciones fueron tan duras que Hitler dijo, tiempo después, que él preferiría que le arrancaran los dientes, uno a uno, a tener que volver a negociar con Franco.

Foto de despedida

Hay una foto de despedida en la cual aparecen los tres negociadores: Hitler, Franco, Mussolini. Allí se evidencia que las negociaciones también fueron difíciles para Franco. Él salía tan desesperado en la foto que el periodista no se atrevió a publicarla así. El periodista decidió entonces buscar otra foto de Franco y pegarla encima de la cara abatida. Pero lo hizo tan mal que todo el mundo se dio cuenta, incluso en la prensa. Mucha gente se rió de ella. Hoy en día esta foto con el autoadhesivo está disponible en el archivo.

¿Auténtico?

Churchill disfrutaba mucho que sus frases y comentarios contaran con tanta aprobación. Incluso a veces le atribuían cosas que él no había dicho, pero igual a él le gustaban y se las apropiaba. A menudo, por la mañana, le preguntaba a su sirviente: "¿Volví a decir algo gracioso ayer?" —y el sirviente le informaba con fidelidad sobre los comentarios que circulaban.

En las puertas del cielo

La que seguro no es auténtica es la historia sobre Churchill hablando con San Pedro en las puertas del cielo; allí se narra lo que Churchill supuestamente dijo para poder entrar al cielo. Pedro le preguntó si había hecho algo bueno en su vida, al menos una vez, aparte de lanzar bombas y hacer la guerra.

"Por supuesto," contestó. "Yo ayudé a muchas mujeres jóvenes, en muchos países distintos, a que obtuvieran una pensión de viudez a muy temprana edad." Ahora bien, San Pedro no estaba tan seguro de que estas mujeres hubieran quedado muy contentas. Por esta razón decidió preguntarle al Consejo Central de Arcángeles si lo hecho por Churchill podía considerarse como una buena acción.

"¿Puedes hacer una buena acción que afecte a los hombres?"

"Claro que sí," replicó. "Me he encargado de que reciban prótesis gratis y ojos de vidrio".

"El hecho de que no tuvieran que pagar nada es ciertamente algo positivo", replicó San Pedro. Y es por esto que el buen Churchill entró primero al purgatorio.

El buen Dios

Churchill era ateo. Una vez le preguntaron si creía en Dios y él contestó así: "Ese todavía no se ha presentado ante mí. Ahora bien, si se encuentra de verdad conmigo y me pregunta por mi registro de pecados, es muy posible que caiga muerto al enterarse de cuántos cadáveres guardo en el sótano". Y luego le preguntaron: "¿Y qué opina de creer en Satanás?" "En él no necesito creer", contestó, "pues tengo que verlo todos los días".

Línea de vida (3.10)

90 por 365

Hay una marcha circular de 15 m de largo llamada "Línea de vida". Con ella se puede tener acceso, mediante una pantalla táctil, a un archivo digital que contiene toda la información concerniente a lo hecho por Churchill durante cada día de su vida. No hay un día para que el que no haya abundantes notas. Es el currículum más exacto de una persona. Las notas van desde el día de su nacimiento hasta su muerte. Uno no tendría tiempo para poderlas hojear todas. Se tardaría meses.

Solo me gustaría destacar algunos acontecimientos.

Houston me dijo que él ya tenía un registro escrito en casa llamado "Los relatos de Churchill". Allí se recogen anécdotas que el mismo Churchill contó en su club durante las noches. Houston tenía pensado darme esta colección para que yo la leyera.

Periodista

Algunas de estas historias ya habían sido redactadas por Churchill. Forman parte de los textos periodísticos que hizo durante sus viajes. Por ejemplo, en su viaje de El Cario a Ciudad del Cabo tuvo la oportunidad de participar en la Batalla de Omdurmán. La obra impresa se llama "The River War: An

Historical Account of the Reconquest of the Soudan" y allí describe el levantamiento al norte del Nilo contra la dominación colonial británica.[20]

Última batalla ecuestre

60.000 jinetes y camellos montados se opusieron al ataque inglés; querían preservar, bajo todas las circunstancias, la independencia obtenida para ellos por el gran Mahdi. Pero su heroísmo y sus sables de nada sirvieron ante las modernas armas de fuego de los ingleses. Todos fueron masacrados, incluyendo los caballos y los camellos. Churchill escribió al respecto: "es difícil que alguien sea menos bienvenido que nosotros".

Mausoleo

El mausoleo que guardaba los restos de Mahdi, el gran luchador de la liberación, se había convertido en un lugar de peregrinación. Él era adorado como un santo. Pero el general Kitchener, que lideraba la guerra, ordenó exhumar sus restos. Los huesos fueron triturados y esparcidos en el Nilo. El cráneo fue utilizado como cenicero para la celebración de la victoria; Churchill incluso arrojó allí su puro.

Protesta

Hubo fuertes protestas por esta acción, tanto en ese país como en todo el mundo. Churchill mismo tuvo que admitir que no era muy inteligente herir los sentimientos de los lugareños de

---

[20] "The river war" no es un libro de viajes, ni tampoco periodístico; es un recuento de la participación de Churchill como oficial de la armada en esta guerra.

esa manera y que, además, no podía tomarse ventaja de un hecho así.

Entierro

El gobierno inglés ordenó entonces que se volviera a enterrar, por lo menos, el cráneo restante. El "cenicero" fue enterrado en una ceremonia solemne en la cual participó toda la población.

La guerra de los Bóers (3.11)

Ciudad del Cabo

Allí acabó su recorrido a través del África. En ese lugar también se encontraba Cecil Rhodes, quien meses antes había conquistado Rhodesia del Sur y Rhodesia del Norte. Estos países se conocen hoy en día como Zimbabue y Mozambique. Nada debe conmemorar a Rhodes, odiado conquistador. Este se había enterado de que habían descubierto mucho oro y diamantes en Sudáfrica. Él deseaba ampliar su riqueza, fruto de múltiples robos, con la explotación de estas minas.

Bóers

El problema era que los bóers se habían establecido en Sudáfrica. "Boer" quiere decir "agricultor" en holandés. Los holandeses no veían a Sudáfrica como una colonia, sino como un área de asentamiento en la cual ellos mismos querían cultivar la tierra. Algo muy similar a lo que los padres peregrinos hicieron en América del Norte. Sin embargo, estos bóers no querían que ningún extraño llegara a explotar sus minas de oro.

Discriminación

Los ingleses consideraron que esto era una discriminación contra los extranjeros y acusaron a los bóers de violar los derechos humanos. Enviaron entonces a un ejército para que creara condiciones decentes en Sudáfrica. Ahora bien, ellos ocultaron deliberadamente que su única intención era controlar las minas de oro de manera exclusiva.

450.000 soldados

Fueron enviados por la Reina Victoria para romper la resistencia de los bóers. La corona debía obtener un 20 % de las ganancias. La guerra contra los bóers era algo nuevo: esta vez se enfrentaban contra europeos civilizados y no, como en otras ocasiones, contra negros incivilizados y considerados como poca cosa.

Guerrilleros

Los bóers, por su lado, solo contaban con un ejército de 30.000 efectivos. Era obvio que ellos nunca podrían haber ganado una batalla abierta contra el enorme ejército inglés. Ellos decidieron entonces ocultarse durante el día y hacer atentados durante la noche; destruyeron, por ejemplo, muchas vías férreas, logrando así que la lucha de los ingleses se tornara desesperada.

Campos de concentración

Solo hubo un hecho que logró interrumpir los ataques clandestinos de la resistencia. Cecil Rhodes tuvo la idea de agrupar a las esposas y a los niños de los combatientes en campos de concentración; allí fueron retenidos, sin comida ni agua, y allí perecieron en un lapso de tres a cuatro semanas. Los guerrilleros, al enterarse de que sus esposas e hijos habían muerto, consideraron que ya no había motivos para continuar luchando.

Táctica nueva

Churchill descubrió una nueva táctica para sus guerras posteriores: "es más importante matar mujeres y niños, pues de esta manera los hombres pierden la moral de lucha". Él aplicó esta táctica en el bombardeo de ciudades alemanas. Los hombres se encontraban luchando en el frente y en las ciudades vivían casi exclusivamente mujeres y niños, con la excepción de algunos padres ancianos que necesitaban de cuidados.

Este era entonces un punto de partida ideal para socavar la moral de los hombres. Churchill, por este motivo, llamó "moral bombing" a estos ataques.

La importancia de la mujer (3.12)

Si se quiere exterminar a un pueblo, esta nueva táctica tiene una ventaja adicional: es mucho más efectivo matar mujeres. Esto se puede explicar con un ejemplo sencillo. Por ejemplo, si después de una guerra sobreviven 1000 mujeres y apenas 3 o 4 hombres, la tasa de natalidad podría seguir siendo alta. Pero en el caso contrario, si 1000 hombres sobreviven y solo quedan 3 mujeres, por más esfuerzos que se hagan, cada una tendrá por mucho 3 hijos, haciendo que la población crezca solo en 30 individuos durante 10 años.

Este ejemplo demuestra lo prescindibles que son los hombres. Churchill esperaba entonces, de acuerdo con su sentido del humor británico, convertirse en el presidente honorario de todas las asociaciones femeninas.

Experimento

Un equipo de científicos quiso probar esta hipótesis en un experimento con ratas macho y hembra. Y la hipótesis se confirmó.

Sin embargo, hay científicos serios que dudan de este experimento. El comportamiento sexual de las ratas no es necesariamente comparable al de los seres humanos. Ahora bien, no es tan fácil repetir este experimento con humanos. Ello tomaría al menos 10 años y, además, es muy dudoso que haya suficientes voluntarios dispuestos a participar.

Venus hotentote

La misma madre naturaleza, sin embargo, nos proporciona pruebas de que las posibilidades de supervivencia de las mujeres son mucho más altas que las de los hombres. El desierto del Kalahari, donde habitan los khoikhoi[21], es un lugar muy hostil; quienes viven en este lugar pueden pasar incluso meses sin encontrar comida. Precisamente allí se ha dado una mutación en los humanos, pero esta solo afecta a las mujeres. Ellas pueden sobrevivir hasta seis meses sin alimentación. La naturaleza les ha proporcionado reservas de grasa que sus cuerpos, a su vez, pueden usar para alimentarse. Es muy similar a las jorobas de los camellos y dromedarios, pues cumple el mismo el mismo propósito. Cuando la grasa almacenada allí se agota, las jorobas se hunden.

Sara Baartman

La "vénus hottentotte" es particularmente conocida. Ella mostraba sus "reservas de grasa" a cambio de dinero.[22] En París, en el "Musée de l'homme", hay una reproducción en yeso de su cuerpo. Los ingleses trajeron a Baartman con vida

---

[21] La traducción literal es "hotentotes", pero este es un término racista y peyorativo para referirse a este pueblo.
[22] Ella era en realidad una esclava. El doctor británico William Dunlop la llevaba a exposiciones para divulgar ideas racistas y sexistas.

desde su país. Esta maravilla de la naturaleza también fue exhibida en Londres.

Planes para el futuro

Como ya había sido conquistada toda África, el imperialismo de los ingleses carecía de metas adicionales. Pero luego a Churchill se le ocurrió que el sultán otomano también podría ser privado de sus territorios. Valga recordar que Oriente Medio seguía sin conquistarse. Mesopotamia, una tierra muy fértil, era demasiado valiosa como para seguir siendo habitada por tribus incivilizadas; únicamente los ingleses, pueblo altamente civilizado, estaban en capacidad de poseer esa colonia. Y no solo eso, por aquel entonces los barcos estaban dejando de usar el carbón como combustible y estaban empezando a emplear derivados del petróleo. Por lo tanto, los ricos yacimientos petrolíferos de Basora tenían que pasar a ser propiedad inglesa.

Uno de los más talentosos arqueólogos, Lawrence de Arabia, fue elegido para preparar esta conquista. Houston añadió: "En otro momento te contaré esta historia con más detalle".

Blow up (3.13)

Abrimos el archivo para acceder a una pequeña historia. Hacia blow up, en la Sydney Street. Churchill era entonces Ministro del Interior y su ministerio quedaba cerca de la Sydney Street. Un día cualquiera, al oír disparos allí, corrió inmediatamente al lugar de donde provenían. No podía resistirse a los tiroteos: tenía que participar.

Pistola Mauser

Churchill recibió de su madre una pistola Mauser cuando cumplió 18 años. Un regalo significativo para un joven. Sería bello que las madres alemanas también adoptaran esta costumbre. Churchill cargó esta pistola durante toda su vida y acumuló muchos recuerdos de enemigos perseguidos con ella; nunca quiso cambiarla, incluso cuando llegó una versión mejorada al mercado.

El modelo original se ha convertido en un arma de culto y puede adquirirse en varias fábricas de armas. El precio oscila entre 99 y 300 dólares.

Sydney Street

Dos ladrones armados entraron a robar en una joyería ubicada en esta calle y luego, cuando la policía acordonó el área, empezaron a disparar a quienes se encontraban en la calle. Churchill empezó a dispararles de vuelta y los dos bandidos se dieron cuenta de que no tenían ninguna oportunidad de escapar. Al ser repelidos por Churchill, optaron por prender fuego al lugar, pues tenían la esperanza de poder huir entre la confusión que generaran las ambulancias y los bomberos. Churchill, que entonces era Ministro del Interior, prohibió a los bomberos extinguir el fuego en la casa y exigió que la dejaran quemarse hasta los cimientos. Tiempo después, al ingresar entre los escombros, los dos bandidos fueron encontrados sentados en el sótano más bajo, acurrucados el uno junto al otro, totalmente carbonizados.

Jinete de fuego

Tal vez alguien conozca el juego infantil del jinete de fuego. La idea es que este se apoye en su caballo contra una pared y que no se mueva hasta que otra persona lo toque. Cuando esto sucede, se dice: "Ush, cayó hecho cenizas". Y precisamente eso fue lo que sucedió con los dos bandidos cuando Churchill dio la orden de transportarlos al gabinete del horror (pues pensaba que sus cuerpos podrían ser usados como advertencia de que uno no debe prender fuego a una casa y con gente dentro). Sus cuerpos cayeron en cenizas. No había otra opción que la de devolver a los dos bandidos con la escoba.

Crítica

El papel desempeñado por Churchill como Ministro del Interior en esta acción fue criticado fuertemente.

Por un lado, uno no anda disparando por ahí, y, por el otro, si hay un incendio este debe extinguirse, no se puede dejar que los bandidos ardan así.

Churchill contestó que todo esto no eran más que calumnias, que él no se encontraba allí durante el ataque.

Pero en ese entonces ya se usaban cámaras y Churchill apareció en una foto de un periódico. Luego de ello él se retractó y dijo: "Está claro que, si se da un atentado criminal así, el ministro del interior deber estar presente en la primera línea".

Cese de alarma

En un principio se sospechó que había un trasfondo terrorista en este ataque, pero tiempo después se canceló esta alarma. Los dos bandidos eran ladrones normales. Toda esta agitación había sido completamente en vano.

Ministro de Hacienda (3.13)

Economía creciente

La economía inglesa fue muy próspera en 1926, tanto así que los empresarios obtuvieron grandes beneficios. Alcanzaron tales niveles de capital propio que no tuvieron que pedir más préstamos para pagarle a los empleados o costear la materia prima. Los bancos habían tenido que hacer anticipos y solo recibieron el dinero de vuelta cuando los productos terminados se vendieron. Esto fue un gran golpe para los bancos, pues ellos viven de los intereses de las deudas. Se hizo necesario entonces la llegada de un ministro de hacienda que arruinara la economía e hiciera que los bancos fueran otra vez necesarios.

Cambio de partido

Era difícil encontrar a una persona seria que quisiera hacerse cargo de esta tarea. Pero eso no era un problema para Churchill. El problema era más bien que el gobierno había sido conformado por los conservadores y que Churchill se había pasado antes al partido laborista. Pero este problema también podía solucionarse: Churchill volvió a hacerse conservador. Él replicó de esta manera: "Se necesita tener un carácter fuerte para cambiase de partido, pero se necesita ser un líder como yo para hacerlo dos veces".

Deflación

Demostró que para un político es muy fácil arruinar la economía. Churchill solo necesitó medio año para conseguirlo. Regresó al patrón oro. La mayoría de los bancos simplemente no podían permitirse el lujo de gastar más dinero y las empresas –con los mejores pedidos– ya no podían producir sus mercancías, ni tampoco podían pagarle a los trabajadores. Los bancos pudieron entonces comprar sus negocios por el valor simbólico de una libra. Ahora bien, poner en marcha los negocios era algo muy distinto. Los bancos no están en capacidad de hacerlo y los políticos mucho menos. Y los empresarios estaban hartos de sus intentos.

Huelga general

Hubo incluso una huelga general que extendió la crisis por todo el país. Esta situación excedía las capacidades de Churchill y se le dificultaba encontrar una solución. Él creía que la única manera de solucionar el problema de los huelguistas era seguir el lema de Napoleón: "si mueren 12, es una catástrofe; pero si mueren 10.000, la paz vuelve a reinar".

Esta propuesta, por fortuna, no fue aceptada. Ahora bien, él también superó esta crisis con una buena frase: "Se dice que yo he sido el peor ministro de hacienda que ha tenido Inglaterra, y debo admitir que es verdad".

In the desert

Churchill había llevado a cabo esta depresión siguiendo instrucciones (es decir, satisfaciendo a los bancos), pero de

151

todas maneras no se atrevieron a darle un cargo público a partir de entonces. Él describe estos años como sus años en el desierto. Pero eso no era del todo cierto. Seguía siendo la eminencia gris, pues representaba a las altas finanzas.

Wall Street

Su fama llegó a Wall Street, en Nueva York. Cuando Herbert Hoover, odiado por los bancos, fue elegido presidente en 1928, encargaron desde Nueva York la ayuda de Churchill. Él debía ayudarles a crear una gran depresión para que el presidente electo Hoover se arruinara a los ojos del pueblo y, además, sus promesas de prosperidad parecieran irrealizables.

El jueves negro

Este proyecto pudo realizarse en un trimestre. Todos los propietarios de bancos se reunieron y discutieron sobre la mejor manera de realizar un colapso bancario. Cuando le preguntaron a Churchill sobre qué se le había perdido allí, él contesto así: "Quería relajarme un poco en Nueva York". La manera de proceder fue entonces la siguiente: los bancos decidieron qué bancos se iban a declarar en bancarrota y qué bancos deberían quedarse con el buen dinero. Si un banco entra en bancarrota, esto solo significa que los ahorradores pierden todos sus títulos y ahorros. Esto no tiene ninguna consecuencia para el propio banco, pues su participación es apenas del 5 %. Entonces, después de declararse la bancarrota, las toneladas de reservas de oro fueron transportadas a las bodegas privadas de Rockefeller y Rothschild; el dinero fue transferido a un banco conocido únicamente por los insiders. Para legalizar las transacciones, los bancos que habían transferido este dinero recibieron títulos por los mismos montos. Pero estos títulos no tenían ningún valor. Eran títulos de alto riesgo o, por así decirlo, bonos imaginarios creados artificialmente para poder lograr el fraude.

Baruch

Ya conocemos a este hombre. Él fue también el presidente secreto de los Estados Unidos entre la Primera Guerra y la Segunda Guerra Mundial. En algún momento se le sugirió que se postulara a la presidencia, pero contesto así: "¿Y para qué? Yo gobierno sin tener que enfrentarme a la opinión pública; no tengo que postularme para la reelección y nadie me puede criticar". Él desempeñó un papel decisivo en esta crisis bancaria. No solo salvó su propia fortuna y la de su amigo Churchill —como era de esperarse—, sino que incluso la multiplicó. Como la mayoría de la gente había perdido todo su patrimonio, para las personas que no habían sido afectadas por la crisis resultó muy fácil adquirir negocios, casas y demás a precios muy bajos. Por ejemplo, George Untermeier había querido comprar antes el Washington Post, pero el precio inicial era de 5 millones de dólares; después de esta crisis, pudo apropiarse de este periódico a un precio de 800.000 dólares. Kennedy, el padre del conocido presidente Kennedy, también era uno de los insiders. Antes de la gran depresión, su fortuna estimada era de 2 millones de dólares, pero después de 2 años esta ascendió a 100 millones de dólares. Los demás iniciados experimentaron ganancias similares.

Autobiografía

Churchill escribe: "Caminé un poco por Wall Street y me sorprendí de tanta agitación. Una persona saltó desde una ventana; otra gritó como si estuviera enloquecida. Un periodista quería vender su automóvil por 100 dólares, pues los bancos no tenían más fondos". Churchill actuó como si estuviera sorprendido, pero en realidad estaba gozando que el colapso bancario hubiera tenido tanto éxito.

Viernes negro

El crash de Nueva York sucedió un jueves. Los bancos europeos colapsaron al día siguiente. Churchill quiso entonces experimentar la reacción de sus compatriotas. Él tomó rápidamente un avión y voló hasta Londres. Una vez allí, se sintió muy orgulloso de sus ingleses: en contraste con los estadounidenses –que solo armaban gritería– los londinenses se fueron a sus cuartos traseros y se dieron un disparo. Ellos sí que mostraron una actitud.

Woodrow Wilson

Houston todavía tenía mucho para contar. En particular sobre el encuentro con Wilson de 1918. Este fue además el presidente que le declaró la guerra a Alemania en 1916. Él también firmó el acta fundacional del Fed (Federal Reserve Bank). Como él era hijo de un predicador metodista, estaba muy interesado en el Westminster Central Hall, la impresionante sede de esta comunidad religiosa, que quedaba a la vista del HM Treasury.

Franklin Delano Roosevelt

Houston también quería contar algunas historias sobre él. Pero estaba claro que el currículum de este gran estadista, que había determinado la historia del mundo durante casi 100 años, no podía repasarse visitando los war rooms.

French House (3.14)

Nos sentíamos muy cansados y decidimos disfrutar de una tarde relajada en el restaurante French House. Allí hay una excelente cocina francesa. Sin embargo, nos limitamos a una cena simple y sin carne: un guiso de verduras, que los franceses llaman ratatouille, hecho con verduras frescas y maravillosas. También tomamos un chablis, un vino blanco ligero. Pero nadie puede irse de la French House sin tomarse un Ricardo Permod[23], un maravilloso aguardiente de anís. En la atmósfera todavía se siente que el general de Gaulle vivió allí durante los años de la guerra. Su famoso discurso, "No estamos solos", fue redactado en este lugar.

Georges Brassens

La música del gran chansonnier sonaba discretamente en el fondo; su música, como ninguna otra, había moldeado la postura vital de la generación de posguerra. Él era, sobre todo, el favorito de los estudiantes de París. La gente ya estaba harta de la guerra y de la música de marcha. Cuando salimos del lugar todavía persistía su música en nuestros oídos: "la musique qui marche au pas / cela ne me regarde pas"[24].

Diario

De camino al metro le confesé a mi amigo Houston que he estado registrando todas sus historias en forma de diario. El día de hoy era el tercero. Luego acordamos que al día siguiente

---

[23] Es posible que se refiera a "Pernod Ricard".
[24] Pequeña errata en la cita de la canción. Faltó la palabra "marche".

nos encontraríamos en la entrada de la Art Gallery y que después visitaríamos el British Museum.

Invitación

Houston me contó que había recibido por correo electrónico una invitación de Cynthia y Charles para ir a su casa en Eaton Square. Douglas también estaba invitado. Cynthia había elegido "la guerra parallela" como tema de la velada. Ellos habían vivido las historias relacionadas con esta velada durante unas vacaciones en Nápoles, al sur de la bahía de Pestum, durante las cuales habían conocido al hijo de un miembro de alto rango de las camisas negras.

Antonio

Este Antonio se mudó después a Londres y dirige ahora un prestigioso restaurante italiano llamado Padella. Uno llega hasta él si sigue caminando recto después del London Bridge. Ya no presta el servicio de traiteur pero, como hace parte del círculo de amigos, hizo una excepción con nosotros. De entrada, hubo pasta alle vongole. Luego siguió un saltimbocca y una ensalada verde, fresca y maravillosa, servida con aceite de oliva seleccionado y vinagre de vino. La bebida era un chianti. Posteriormente recibimos de postre un sabayón recién batido, como solo un italiano lo podría hacer. Antonio no le da mucha importancia a las decoraciones elaboradas: lo importante es que la comida tenga buen sabor. Él es un gourmet sans chic, es decir, alguien que gusta de la buena comida, pero sin florituras.

El cuarto día (4)

Art Gallery (4.1)

Yo llegué temprano y subí la impresionante escalera hasta la entrada. Allí se encuentra un depósito de dinero enorme fabricado en plexiglás. Está lleno de monedas de un cuarto, pero también hay billetes de distintas denominaciones. Los museos ingleses no cobran por el ingreso y los visitantes que así lo quieran pueden hacer una contribución voluntaria a la entrada. Houston todavía no había llegado y yo tuve la oportunidad de observar, en paz y tranquilidad, el panorama de esta maravillosa ciudad. A la derecha se ve una columna sobredimensionada del almirante Nelson, con cuatro leones poderosos en el pedestal. Y justo en frente se encuentra la Whitehall Street, rodeada únicamente de palacios. También hay una vista maravillosa y directa del Big Ben y del edificio del parlamento. A la derecha, en una pequeña calle lateral, se encuentra Downing Street 10, pero está cerrada al público. Se nota que Londres no solo es la capital de un gran país, sino también del imperio más grande que ha habido.

Dame Myra

Pronto vi a Houston subiendo por las escaleras. Lo primero que le pregunté fue: "¿Dónde está el ala de Dame Myra?" Esta talentosa pianista era la favorita de los londinenses. Al principio de la guerra, cuando los alemanes empezaron a bombardear la ciudad y los londinenses corrieron a los refugios (es decir, a las estaciones de metro, pues no se disponía de protección antiaérea), la gente dejó de asistir a conciertos, pues temían que las salas no pudieran ser despejadas a tiempo en caso de un ataque. Así que a Dame Myra se le ocurrió la simple y maravillosa idea de trasladar los conciertos a los lugares públicos. Como era imposible cobrar entrada en este caso, los conciertos eran completamente gratuitos.

Robert Schumann

Muchos de sus colegas estuvieron de acuerdo con ella y valoraron su idea muy positivamente. Ella tenía una intención adicional al realizar estos conciertos. Quería presentar una imagen de los alemanes distinta a la impulsada por Churchill, quien hablaba de ellos como si fueran los hunos. Por esta razón decidió tocar la música de Schumann, considerado el epítome del romanticismo alemán. Sus conciertos fueron una protesta silenciosa contra la política oficial y permitieron a los londinenses deleitarse con las siguientes piezas de Schumann: "Ensueño", "Carnaval", "Papillons"[25] y "Auschwung", una de sus "Fantasías".

Comparación

Churchill estaba muy indignado y quería matarla a tiros en la misma silla del piano. Pero no se atrevió a hacerlo porque Dame Myra era judía y él no podía arriesgarse a que lo tacharan de antisemita. De todas formas, dio a entender que sabía bastante bien que la pianista estaba usando su música para protestar en contra de su retórica anti alemana. También resaltó que, a diferencia de la Alemania de Hitler, en su gobierno estaba garantizada la total libertad del arte.

---

[25] En singular en el original.

Marqués de Posa

La escena anterior se opone completamente a algo sucedido en el Schillertheater de Berlín durante una representación de "Don Carlos". En una escena de la ópera el Marqués de Posa le hizo la siguiente exigencia al rey: "Su majestad, ¡permita la libertad de pensamiento!". El público, al oír estas palabras, se puso de pie y aplaudió, y volvió a aplaudir. Pero en aquel momento entraron las SS y el público se volvió a sentar rápidamente, dejando de aplaudir.

Coraje

Si contemplamos esta situación de cerca (un ataque aéreo sobre Londres y una pianista tocando música del romanticismo alemán), debemos corroborar que esta pianista demostró mucho coraje.

Noticiero

Paralelamente a esto, el noticiero alemán mostraba fotos de bombas destinadas a Londres. La bomba más grande fue etiquetada como "un cigarro particularmente grueso para Churchill".

Pinturas

Entramos. La arquitectura del vestíbulo de entrada es de por sí magnífica. La colección de pinturas es tan abrumadora que uno no sabe de qué cuadro hablar en detalle. "La Virgen de las Rocas" de Leonardo da Vinci, las magníficas pinturas de Turner, las de Constable y muchas otras.

Los dos embajadores

Tengo que mencionar otra escena encantadora. Un pequeño grupo de alumnos de primer grado llegó con su maestra y se quedó mirando el cuadro "The two ambasadors"[26]. Nos quedamos con ellos durante toda la lección y escuchamos atentamente.

Clase

Los pequeños –niños y niñas– se sentaron en el suelo frente a la pintura y la maestra empezó a hacer preguntas. "Veamos, ¿qué llevan estos dos hombres?" Las manitos fueron levantadas y los niños le contaron a la maestra lo que veían en la ropa. "¿Qué tienen sobre la cabeza? Veamos sus zapatos. ¿Qué hay en el suelo? ¿Qué se ve en la mesa y en la silla de enfrente? ¿Qué tienen de llamativo estos cinturones? ¿Qué podemos decir sobre sus manos?" Yo quedé muy sorprendido al ver un grupo tan interesado y disciplinado. Luego de hacer estas preguntas la maestra le entregó una hoja de papel y un color a cada uno y les pidió que dibujaran un único detalle del cuadro. Cada uno de estos infantes escogió un detalle distinto: un anillo en el dedo, la hebilla en el zapato, un objeto de la mesa...

Después de terminar el ejercicio la maestra recogió las hojas y dijo: "Cuando estemos en la escuela vemos cada uno de los dibujos y los discutimos, ¿vale?" Los niños partieron calladamente del lugar.

---

[26] El título del cuadro en inglés es "The Ambassadors", sin el "two".

Envidia

Qué privilegio para un niño ser introducido y familiarizado con la historia de su país a tan temprana edad. La maestra no les habló a los niños sobre el secreto de la calavera muerta escondida en el cuadro. Eran demasiado jóvenes para eso.

Holbein

Holbein es uno de los grandes pintores. Él es oriundo de Basilea; mientras vivía allí pintó a Erasmo de Rotterdam, el famoso humanista, y a Tomás Moro, el autor de "Utopía". Después de vivir allí se trasladó a Londres. En esta nueva ciudad pintó todos los cuadros del círculo de Enrique VIII, Ana Bolena y Jane Seymour (esta última, la tercera esposa de Enrique VIII, dio a luz a su único hijo y murió de fiebre puerperal durante el parto).

Holbein también murió en Londres, por desgracia relativamente joven. Para los ingleses es uno de los suyos, como Händel.

Pintura alemana

Fue una gran sorpresa para mí constatar que no había ni un solo cuadro de un pintor alemán entre esta abundante colección de pintura. Este es el resultado de la política de los ingleses, cuyos representantes oficiales creen que "Alemania no existe, no existirá y nunca ha existido".

Durero

La única excepción es un autorretrato de Durero. Este fue robado como botín de guerra de la ciudad protestante de Núremberg durante la Guerra de los Treinta Años. Luego las tropas católicas lo llevaron a Viena. Posteriormente llegó a Madrid, donde Luis XIV lo tomó y llevó hacia París. Finalmente, los ingleses se hicieron con él y se lo llevaron a Londres. Es posible que Hermann Goering no sea el único ladrón de arte.

Pausa

Hicimos una pequeña pausa en la cafetería contigua, muy acogedora, y nos tomamos algo. Visitar un museo como este puede resultar bien agotador. Precisamente en aquel momento Houston me contó que esta noche estábamos invitados al apartamento de Cynthia y Charles en Eaton Square. Debíamos llegar temprano, pues había también una cena.

Salida

Vimos algunos cuadros de Rembrandt, Frans Hals y Jan von Eyck. Luego pasamos por Trafalgar Square y fuimos a almorzar al restaurante Fifteen de Jamie Oliver.

Lunch (4.2)

Houston sugirió probar una de las famosas sopas de pescado de Jamie. En Inglaterra, rodeada por el mar, no hay escasez de pescado. Me complació esta propuesta. Uno de mis platos favoritos es la bouillabaisse francesa. Ahora podría conocer la versión inglesa.

Diario

Mientras esperábamos le confesé a Houston que he registrado todo en la forma de diario: allí se encuentra todo lo que él me ha venido contando y todo lo que hemos charlado en las noches con los demás. Le conté además que, como me parece muy interesante, me gustaría publicarlo.

Título

Pero todavía no estaba seguro del título. "Diario de Londres" es demasiado general. ¿"Historias extrañas de Londres"? Algunas son bastante normales. Tampoco se puede decir que todas puedan ser descritas como "Relatos londinenses increíbles". "Alternative Short Stories" alude a que no son completamente politically correct. Y eso es demasiado político.

Decamerón londinense

También he venido considerando este título. Es neutral y, además, remite únicamente a la división formal. En el "Decamerón", como ya se sabe, diez jóvenes nobles –siete hombres y tres mujeres– huyeron de Florencia por miedo a la peste. Escogieron para ello una hacienda fuera de la ciudad. Para acortar el tiempo decidieron que cada uno de ellos debía concebir una historia y contársela a los demás. Cada uno de ellos, cada día. Entonces, como eran 10 personas y pasaron 10 días, al final se recogieron 100 historias.

Boccaccio

Es el redactor. Él era un sacerdote y en el confesionario había oído muchas historias escandalosas de adulterio, robo y asesinato. Esto no importa en la variante de Londres, pero algunas de sus historias sí son bien escandalosas.

El cuarto día

Hoy es el cuarto día. En vez de diez narradores, tenemos solo cuatro. Y no todos narran por igual. Tú −Tusitala− eres el narrador principal. Mi papel es el de amanuense. Ahora bien, como yo me tomo de vez en cuando la libertad de entretejer comentarios, expresar críticas e incluso contar mis propias historias, yo también podría ser considerado el quinto participante. De esta manera completamos al menos la mitad de la noble población florentina. Y puede que hasta lleguemos a los diez días.

Sopa de pescado

La sopa era excelente, por cierto. Y el chef, conocido por salir en televisión, también es muy simpático.

British Museum (4.3)

El enorme techo de cristal sobre el patio interior es impresionante. Esta construcción cuenta con la plaza cubierta más grande de toda Europa. En el centro de la plaza se encuentra el edificio con cúpula de la sala de lectura. A la derecha y a la izquierda se encuentran las entradas al Departamento Egipcio y a las Colecciones Griegas. La vista más bella se divisa desde la galería, justo en frente de la entrada principal de la sala de lectura; también es interesante ver a los niños de primaria, vestidos todos de colores vivos, yendo de una colección a otra. Es necesario que los niños vistan de colores vivos pues, si llegan a perderse entre el bullicio de la gran ciudad, debe ser fácil poderlos reintegrar a un grupo el mismo color.

Momias egipcias

Ningún otro museo en el mundo puede mostrar tantas momias. La riqueza de la pintura egipcia es única. Las estatuas de mármol del Partenón ateniense y del Erecteón llegaron acá de manera ilegal y engañosa. Grecia las ha exigido de regreso y planea reincorporarlas en los templos históricos. Precisamente en los sitios donde se encontraban antes de que Elgin se los robara.

Cilindro de Ciro

En el año 1538 a. C., este gran gobernante persa hizo tallar, por primera vez en la historia, los derechos del hombre; el texto fue gravado en escritura cuneiforme sobre el cilindro aquí expuesto. Él también fue quien permitió que los judíos terminaran con su cautiverio en Babilonia y volvieran a Jerusalén a construir el segundo templo.

Su tumba ha sobrevivido al paso del tiempo y todavía puede verse en Irán (como se le llama hoy en día a la antigua Persia). La tumba ha sido preservada gracias a su gran reputación; ninguno de los conquistadores posteriores ha querido destruirla.

Buckingham Palace (4.4)

De camino al apartamento de Cynthia pasamos por el Buckingham Palace. Siempre es impresionante pasar por la fachada monumental y por The Mall, la amplia calle que conduce hacia allí. En este lugar siempre hay muchos turistas que paran a ver el cambio de guardia; si bien esto ya no encaja en nuestros tiempos, continúa en la Inglaterra moderna gracias a la tradición.

Pecado de juventud

Hace muchos años, cuando Charles compró su primera cámara, él y Cynthia se permitieron hacer una broma. Como se sabe, los soldados de guardia que llevan gorras de oso deben mantenerse inmóviles en todo momento. Cynthia tenía pensado desconcertarlos y Charles, por su parte, quería filmarlo todo. Ella se acercó entonces a uno los soldados de guardia y empezó a hacerle cosquillas en la nariz. El hombre con la gorra de oso se mantuvo erguido, no se movió un milímetro y no hizo ni una mueca. Ahora bien, poder filmar este evento ya era un éxito para Charles como camarógrafo.

Nueva residencia de la reina

La reina Victoria nació en el Kensington Palace y creció allí hasta su coronación. Desde entonces, el Buckingham Palace ha sido hogar de la familia real en Londres. Si la bandera se levanta, esto indica que la reina está presente. Durante la Segunda Guerra Mundial el Buckingham Palace fue alcanzado siete veces por aviones alemanes. Incluso un interceptor británico chocó con un Dornier 17 alemán y ambos cayeron al patio interior del palacio. Este evento fue incluso grabado en una película que se puede ver en el Imperial War Museum.

¿Venganza?

¿Acaso Hitler quería vengarse de la familia real? Obviamente estaba informado de que el rey Eduardo VIII, de actitud conciliadora, había sido derrocado únicamente porque no quería hacer una guerra contra Alemania; mientras que su hermano Jorge VI, por el contrario, se manifestó a favor de la guerra contra Alemania en su primer gran discurso, The King's Speech.

Reacción de la Reina Madre

Ella afirmó: "Me alegra mucho que nosotros también hayamos sido bombardeados. De este modo el pueblo se da cuenta de que él no es el único afectado por la guerra y de que la familia real tampoco está a salvo". Cuando se dieron los primeros ataques en East End —es decir, en los muelles y las casas de los trabajadores portuarios— la reina visitó el lugar para mostrar su simpatía por las víctimas. Pero fue abucheada. El pueblo quiso expresar con esto que consideraba la guerra superflua e innecesaria y, además, que no estaba de acuerdo con la justificación que el rey había dado para el ataque contra Alemania. Alemania ya contaba con esta reacción. Sin embargo, en tiempos de guerra y bajo ley marcial, las protestas de la población ya no tenían ningún efecto.

Resumen

Se trataba de proteger a la familia real; los miembros debían vivir en el castillo de Windsor. Pero la Reina Madre se opuso a ello. Ella dijo: "Las princesas (Isabel y Margarita) no se van sin la reina. La reina no se va sin el rey. El rey no se va en absoluto ". Esta declaración le trajo mucha simpatía. Fue un honor que ella quisiera soportar los mismos peligros que la gente que no pudo abandonar Londres.

Increíble

Además de la película breve grabada por Wallis Simpson (en la cual se ve a Eduardo enseñándole el saludo Hitleriano a su sobrinita de 5 años), también ha aparecido una foto que Eduardo VIII les tomó a su cuñada, su hermano y sus dos hijas pequeñas. Está fechada dos años después. Isabel tiene ahora 7 años de edad. Debió haber sido tomada en 1935, antes de que Eduardo fuera coronado rey por solo 11 meses. Allí aparece con la mano estirada hacia arriba y, oh sorpresa, su mami está a su lado haciendo el saldo hitleriano.

Eaton Square (4.5)

El apartamento de Cynthia no está muy lejos del Buckingham Palace. Ellos nos acogieron calurosamente y a mí me presentaron a Antonio, el chef principal del restaurante italiano "Padella"; este, por su parte, había traído a un cocinero y a un camarero para atendernos. Douglas ya estaba allí. Había llegado con Lizzy, su compañera. La había conocido cuando estada de gira en Estados Unidos con una banda muy conocida. Él era baterista y estaba remplazando a un miembro enfermo de la banda. Lizzy había aportado su voz para algunas canciones.

Número casi completo

En nuestra velada nocturna se reunieron 9 personas; por poco alcanzamos la cantidad de nobles florentinos del

"Decamerón". Otra sorpresa adicional fue que Douglas había traído su guitarra. Tuvimos entonces que cantar viejas canciones italianas, las mismas que ellos cantaban cuando conocieron a Antonio en Italia. Recuerdos juveniles de Italia, musicales y culinarios.

Battipaglia

El trébol de cuatro hojas había acampado en la bahía de Salerno un año después de sus vacaciones en Niza. En ese entonces era una playa completamente solitaria, prácticamente sin turistas. Allí conocieron a Antonio, quien tenía la misma edad de ellos; el mismo que más tarde fue a Inglaterra y abrió un restaurante. Él provenía de Battipaglia, un pueblo que los estadounidenses habían destruido completamente mientras avanzaban de Sicilia a Roma a través del monte Cassino. El pequeño Antonio fue evacuado a Nápoles con su madre, pero más tarde regresó alegremente a su antigua tierra, donde trabajó como pescador.

Estrategia

Los yanquis destruyen todo lo que se interponga en su camino antes de avanzar con sus tropas navales. Su superioridad aérea les permite minimizar las pérdidas de sus propios soldados.

Campos de tomate

En la tierra contigua a las playas había únicamente grandes campos de tomate. Por este motivo los mochileros no tenían que comprar tomates. Los zarcillos con largos tomates romanos crecían en el suelo; estaban tan llenos de frutos que los agricultores no podían recogerlos todos. Tampoco había tiendas en las inmediaciones. Entonces se hicieron amigos de los pescadores, incluyendo a Antonio, quien por ese entonces navegaba con botes en el mar. Los pescadores les permitían viajar con ellos y les regalaban de manera generosa mucho pescado que luego cocinaban a la brasa. Una vez estuvieron presentes en una mattanza. (Quien no sepa qué es esto, bien puede buscarlo en google).

Capri

Ellos partieron hacia el mar en el occidente, donde el sol se oculta y se hunde en el mar cerca de Capri. Y luego llegó la primera canción, "Die Capri-Fischer", entonada por Douglas: "Wenn die rote Sonne am Abend bei Capri im Meer versinkt / fahren die Fischer aufs Meer hinaus…"[27]. Resultó que Antonio también cantaba muy bien; luego se unió Lizzy y conformaron un trío sonoro.

Sorrento

El pescado y el tomate no eran suficientes, claro, y por este motivo los cuatro amigos tuvieron que ir a la ciudad cercana de Sorrento. Se trata de una pequeña ciudad portuaria; los turistas pueden cruzar desde allí a Capri y luego entrar en la Gruta Azul. Allí Cynthia volvió a levantar su caballete y vendió sus pinturas; Douglas tocó y cantó. Así fue como se recogió el dinero para el vino, que era indispensable, y por supuesto también para las uvas, el pan y el jamón de Parma.

---

[27] *Cuando en la tarde el sol se oculta en el mar cerca de Capri / los pescadores parten al mar.*
Hay una pequeña errata, la canción empieza así: "Wenn bei Capri die rote Sonne ins Meer versinkt".

Carpaccio

El chef, mientras tanto, preparaba comida fresca para nosotros en la cocina. Como entrada recibimos un maravilloso carpaccio de ternera. El camarero era muy hábil y pronto llegó el segundo plato a nuestra mesa. Spaghetti alle vongole, al dente, nada lujoso; Antonio valoraba que la comida tuviera buen sabor y no pensaba para nada en guarniciones artísticas.

Saltimbocca romana

El plato principal también era típico, pero extraordinariamente sazonado y de sabor insuperable. Además, había una mezcla de varias ensaladas verdes, crujientes y frescas, mezcladas con el mejor aceite de oliva y vinagre de vino. Para el postre tuvimos sabayón recién batido, tan bueno como solo un italiano lo podría hacer.

Después de la cena

El cocinero y el camarero, ambos italianos, se unieron a nosotros después de la cena. Charles empezó a contar cómo ellos habían explorado toda la zona circundante en aquel entonces. Justo detrás de sus carpas se encontraban los famosos templos de Pestum. El Templo de Poseidón estaba en una colina detrás de la playa. Los cuatro amigos hacían grandes competiciones de natación durante el día. Su intención era nadar muy lejos de la playa y poder ver el templo desde el agua. Lord Byron había contado en su diario italiano que él había nadado lejos, alejándose de la playa, y que había alcanzado a ver el templo. Ahora bien, los cuatro amigos descubrieron que esto era imposible a causa de la curvatura de la tierra. Lord Byron, una vez más, había estado presumiendo: vio realmente el templo desde la embarcación.

Nápoles

Hay un refrán que dice: "Mira Nápoles y muere". Esta hermosa ciudad era obviamente, al igual que el Vesubio, un lugar visitado con frecuencia. Y, por supuesto, quienes visitaban estos lugares también querían pasar por Pompeya. Cynthia era la mejor informada de todos y buscaba ansiosamente la Villa dei Vettii. Finalmente la encontraron. Pero hubo una gran decepción: las mujeres no podían entrar. El único consuelo para Cynthia fue el siguiente: Charles hizo algunos bocetos de los frescos obscenos del lugar y luego se los entregó para que los mejorara. Sus pinturas se vendieron mucho mejor que los bocetos de Charles, pues agradaban más a la gente; sobre todo las compraban mujeres decepcionadas por no haber podido entrar.

Hoy en día, por supuesto, esta regla ya no se aplica a las mujeres.

Un estadounidense rico

Una pareja de ancianos estadounidenses, a los que se les notaba que el dinero había dejado de importarles, se interesó por un fresco que Cynthia había pintado en colores llamativos siguiendo uno de los bocetos de Charles. El marido estaba muy entusiasmado con este fresco y pensaba que se vería muy bien en la pared detrás de su escritorio. Preguntó por el precio y Cynthia, que estaba disfrazada de italiana, escribió "1.000 liras" en un pedazo de papel. Una lira valía en aquel entonces casi lo mismo que un centavo; se trataba entonces de una suma modesta. Sin embargo, hay que tener en cuenta que en ese entonces el dinero valía mucho más de lo que vale hoy. Douglas, que era muy pícaro, dijo: "Pero esa suma está en dólares". La esposa consideró que el precio era muy alto y desaconsejó al marido de comprar el fresco. Pero él estaba tan entusiasmado que pagó el precio en dólares.

Money Money Money

Douglas, después de oír esta historia, entonó la famosa canción de Abba con su guitarra y todos los nueve, incluyendo al cocinero y al camarero, cantamos a coro. Con este dinero los cuatro londinenses pudieron financiar completamente sus vacaciones. Pudieron darse el lujo de visitar la Gruta Azul, Anacapri e, incluso, explorar toda la costa de Amalfi.

Placer de bailar

Por la noche iban regularmente a bailar o al cine. Lo más emocionante en aquel entonces era el neo-realismo de un Rossellini. Su película "Stromboli", protagonizada por la actriz Ingrid Bergmann, era el gran éxito del momento. Los cuatro ahora podían costearse un viaje en barco a Stromboli y a las Islas Eolias.

La gran estrella de esa época era Sophia Loren. Ella incluso proviene de esa misma zona, de Pozzuoli, cerca de la zona flegrea.

Mambo italiano

Douglas tocó la melodía de este conocido éxito y luego todos nos unimos a su voz. Cantamos una canción tras otra, como por ejemplo "Felicità", "Senza di te", "Volare", "Marina", "Amore per sempre", "L'Italiano" y, por supuesto, "Laura non c'è". Los recuerdos de la juventud hicieron que el ambiente se tornara sentimental.

YouTube

Cynthia luego mostró un video de Sophia Loren en su PC con pantalla grande. Nosotros nos animamos tanto al verlo que empezamos a bailar mambo; obviamente en solitario, pues solo había dos mujeres en el grupo. Las personas de edad no bailábamos de manera tan fascinante como Loren, pues ella sí sabía cómo mover sus "encantos" de manera inimitable.

De vuelta al trabajo

A Guiseppe y Federico, tan buenos cantantes como bailarines, les habría encantado quedarse con nosotros. Pero su turno de trabajo no había terminado y tuvieron que volver a Padella.

La guerra parallela (4.6)

Antonio nos animó contando historias de su niñez. Su padre formaba parte de las camisas negras. Perteneció a las camicie nere que marcharon en Roma y ayudaron al Duce a llegar al poder en 1922. Más tarde participó en casi todas las batallas italianas contra los Aliados.

Declaraciones de guerra

Los primeros éxitos militares de Hitler animaron a Mussolini a declararle la guerra a Inglaterra y a Francia. Él deseaba restablecer el antiguo "imperium romanum", comenzando por el Mediterráneo oriental. Lo primero que hicieron sus tropas fue, en conmemoración del César y de Cleopatra, marchar hacia el legendario Egipto.

Canal de Suez

Hitler estaba encantado con la entrada de Italia en la guerra e inmediatamente accedió a apoyarla con tropas alemanas. Si el Canal de Suez quedaba en manos alemanas, los ingleses tendrían el atajo bloqueado hacia su colonia más valiosa: la India. Pero Benito dijo que no. Él quería cosechar los laureles por su cuenta y sin ayuda externa. Su éxito fue moderado; los ingleses defendieron con valentía el Canal de Suez y los grupos italianos no pudieron avanzar.

Guerra con Francia

Justo a tiempo, dos días antes de la capitulación del general Pétain y del gobierno de Vichy el 22 de junio de 1940, Mussolini declaró la guerra a este país e, inmediatamente, lo invadió. Desde hace mucho tiempo soñaba con recuperar la Riviera de habla italiana: Ventimiglia, Mentone, Mónaco y, sobre todo, Niza. Esta es la ciudad de origen de Garibaldi, el gran luchador de la libertad italiano.

Pueblos alpinos italianos

Los cazadores de montaña italianos invadieron todos los pueblos alpinos donde se hablaba italiano, del Valle de Aosta al Mont Blanc. Pronto la montaña más alta de Europa dejaría de conocerse por su nombre francés, "Mont Blanc", y pasaría a conocerse como "Monte Bianco" (el "Monte Blanco").

Córcega

En esta isla se habla indiscutiblemente un dialecto italiano, por lo que pertenece entonces a Italia, incluso teniendo en cuenta que Génova vendió la isla al rey francés poco después de que Napoleone naciera allí. De esta manera él, en vez de ser un luchador de la libertad italiano, resultó siendo el emperador de los franceses.

Túnez

Italia tiene un derecho geográfico e histórico sobre este país. Los Montes Apeninos continúan por Sicilia hasta Túnez. Allí también se encontraba el poderoso Cartago, el rival de Roma. Después de que Inglaterra le hubiera arrebatado Egipto al Imperio Otomano debido al productivo Canal de Suez y la enorme y rica Argelia a los franceses, se venía el turno para que Italia se apropiara de Túnez y la convirtiera en su colonia. Pero no fue posible, pues los franceses obligaron a Túnez a unirse a ellos; Italia tuvo entonces que conformarse con Libia, cuya riqueza petrolera era inimaginable en aquel momento. Mussolini quería aprovechar el calor del momento y corregir esta decisión.

Muchas posibilidades

Era fascinante ver cuántos objetivos se abrían ante el Duce y cuántas victorias deseaba él ganar en tantas regiones. Hitler sólo pudo evitar que atacara a los suizos, donde quería recuperar el cantón del Tesino: Locarno, Lugano, Chiasso y Bellinzona.

Fracaso

Pero la campaña guerrera de Benito no tuvo un solo éxito, en ningún lugar. Incluso las tropas de la derrotada Francia eran superiores a las tropas italianas del Duce. Y luego, cuando las tropas inglesas se enfrentaron a los italianos en Túnez, Mussolini se vio obligado a aceptar la ayuda alemana, la cual triunfó bajo el mando del general Rommel, el zorro del desierto.

Mare nostrum[28]

Pero él no podía dejar de hacer más ataques. El Adriático debía convertirse en un mar italiano puro y ser parte de lo que antiguamente era el "mare nostrum". El nombre del Adriático proviene del emperador Adriano; bajo su dominio, el Imperio Romano tuvo su mayor extensión.

Promesa

Por otro lado, Churchill le había prometido al Duce lo siguiente: él le daría todos los pueblos costeros de la costa dálmata si lograba llevar a la Italia neutral a la guerra contra la monarquía del Danubio y el Emperador en Viena. El Duce lo logró, pero Italia hizo inmensos sacrificios en la Batalla del Isonzo y en las batallas de los cazadores de montaña en el Paso Pordoi.

---

[28] Pequeña errata en el original. Dice "mare nostra" en vez de "mare nostrum". Luego en alemán se refiere a este mar femenino, pero en latín está en neutro. Además, al hablar del Adriático, habla de él como si fuera un "mar nuestro"; pero este era el nombre que se le daba en el imperio romano a todo el Mediterráneo.

Promesa rota

Churchill rompió esta promesa porque se vio obligado a ceder toda la costa al rey serbio. Si su organización secreta ("la mano negra") no hubiera apoyado a los asesinos con dinero y armas, Gavrilo Princip no habría podido asesinar en Sarajevo al heredero al trono y a su esposa el 28 de junio de 1914. Esta fue la señal de inicio de la gloriosa Primera Guerra Mundial, la cual Churchill había anhelado durante muchos años. Y por eso el rey serbio tenía que ser recompensado.

El Duce tuvo que conformarse entonces con las islas griegas de Santorini y Rodas y con los derechos de ocupación en Turquía occidental. Pero al menos consiguió el maravilloso Tirol del Sur, donde todavía no vivía ningún italiano.

Albania

Benito no se atrevió a atacar a Yugoslavia, pero la pequeña Albania sí estuvo en sus manos en muy poco tiempo. Y después quiso conquistar Grecia, la cual había sido parte del Imperio Romano en la antigüedad. Pero, obviamente, midió mal la capacidad militar de los griegos y fue derrotado de manera definitiva por el general[29] Metaxás. Este triunfo se celebra todavía en Grecia a día de hoy y se conoce como el "Día del 'No'". Metaxás pertenece a la familia Metaxás, la misma que produce el famoso coñac.

---

[29] Pequeña errata. Él no era presidente, era "primer ministro" y/o "general". Yo uso el título de general porque estamos en contexto de guerra.

Oferta

Churchill le ofreció inmediatamente ayuda al general griego en la lucha contra el Duce. Pero este la rechazó amablemente y dijo que ya no era necesario, pues las tropas italianas ya se habían retirado. Churchill, sin embargo, ordenó a las tropas inglesas aterrizar en Salónica; su intención era construir allí una base militar para así poder bombardear los campos petroleros de Rumanía. Estos campos petroleros eran los únicos a los que Hitler tenía acceso para abastecer de combustible a sus vehículos militares.

Accidente bochornoso

Pero Metaxás no quería permitir que eso pasara. Grecia debía permanecer neutral y, bajo ninguna circunstancia, podría resultar involucrada en esta guerra. El médico personal británico de Metaxás cometió un error bochornoso: le dio a su paciente cianuro en vez de un medicamento.

Algunos sospechan que esta confusión no era totalmente ajena a la llamada telefónica entre él y Churchill.

Korizis

Alexandros Korizis fue el sucesor de Metaxás. Korizis se negó a la petición de Hitler del 6 abril de 1941 de expulsar a los británicos. Por este motivo, las tropas alemanas ocuparon Grecia diez días después, pues Hitler no quería aceptar que los ingleses tuvieran ahora una base de apoyo militar que pudiera torpedear su suministro de petróleo.

Esta rápida reacción es asombrosa, pues Grecia no limita con el territorio alemán. Las tropas tuvieron primero que marchar por Yugoslavia, que no estaba del lado alemán, y conquistarla; después, operaron desde Bulgaria.

Suicidio

Korizis no vio otra salida que quitarse la vida el 18 de abril de 1941. Su sucesor, Emmanouil Tsouderos, se vio obligado a huir a Creta después de dos días de mandato. Posteriormente, cuando el 2 de junio de 1941 los paracaidistas alemanes aterrizaron en Creta y echaron a los ingleses, escapó a Inglaterra a través de Egipto.

Memorándum

Los daños de guerra causados por los británicos en el desembarco en Salónica, y más tarde en Creta, debían ser compensados mediante reparaciones. En un memorándum entre Tsouderos y el embajador inglés se acordó que, después de la guerra, Grecia recibiría la isla de Chipre como compensación. Sin embargo, este acuerdo no se mencionó en absoluto después de la guerra.

Suertudo

El desembarco de los ingleses en Salónica fue un desastre. Miles de soldados, sin haber tenido la oportunidad de hacer algo remotamente militar, murieron de malaria. El aterrizaje de los británicos en Creta y su expulsión por parte de los paracaidistas fueron equiparados con el fracaso de Churchill en Galípoli durante la Primera Guerra Mundial.

La pregunta que surgió es si Churchill debía renunciar o no. Churchill, a pesar de todos los errores que cometió, que no son pocos, siempre estuvo del lado de los ganadores. Él estuvo, desde el principio, en el bando de los que siempre triunfan: los sacos de dinero.

Experiencia personal

Yo, por mi parte, quisiera contribuir con una experiencia personal a estos acontecimientos en torno a Creta. El señor Vater, profesor de música, solía ir a nuestra tienda. Él nos daba clases particulares de flauta dulce a mí y a su hija, que tenía mi misma edad, mucho antes de que tuviéramos edad de ir a la escuela. Un buen día, llegó mi profesor de música a la tienda y gritó jubiloso: "Nuestros paracaidistas han aterrizado en Creta". Yo no he olvidado este momento por el siguiente motivo: para mí era incomprensible que el señor Vater hubiera terminado en la cárcel por haber dado esa feliz noticia. Ahora bien, Hitler no había dado a conocer la noticia del aterrizaje, pues había habido muchas pérdidas. Esto implicaba entonces que el señor Vater había interceptado a la emisora Radio London, lo cual estaba estrictamente prohibido. No obstante, como él era un miembro leal al partido, fue liberado después de tres días.

Aplazamiento

Antonio realmente quería contarnos cómo se produjo la reconquista de Italia después del desembarco en Sicilia. Pero ya se había hecho muy tarde y prefirió aplazar esta parte. Nos prometió entonces una invitación a su restaurante, donde nos contaría el resto de la historia.

Al día siguiente teníamos programada una reunión en casa de Douglas, en la Temple Street en West End. Antonio agradeció a la anfitriona Cynthia y admitió que una noche tan suntuosa, con semejante banquete, solo podía ser organizada por mujeres; también admitió que tenía planeado hacer un "souper" a medianoche. Por último, nos aseguró que no faltaría la música y el canto en su restaurante.

El quinto día (5)

La noche había sido larga en casa de Cynthia y dormimos hasta bien tarde. Por eso, en vez de desayunar y almorzar, preferimos hacer un brunch. Luego, pasado el mediodía, nos encontramos frente a St. Paul´s Cathedral.

Houston me estaba esperando en la puerta principal.

St. Paul´s (5.1)

Esta enorme catedral es casi tan grande como la Basílica de San Pedro en Roma. Fue edificada en el lugar donde antes se ubicaba la catedral destruida por el Gran Incendio. Allí se celebró el funeral de estado de Lord Nelson, el vencedor de Trafalgar, en 1806; él es el mismo que mira sobre la ciudad de Londres desde una alta columna en la Trafalgar Square.

Allí se celebró en 1981 la boda de Diana y Carlos, la cual fue vista por todo el mundo. La cúpula tiene 365 pies de altura, un pie por cada día del año (111 metros). Quien se considere deportista puede subir los 528 escalones y ver toda la ciudad desde la parte más alta. La vista inferior de la bóveda de la cúpula es abrumadora; con unos prismáticos, la vista será más poderosa, pues así pueden verse todos los detalles. La galería susurrante, "whispering gallery", da lugar a muchas anécdotas. Lo que sigue siendo un enigma es el motivo de su construcción.

Cripta

Bajo la catedral se encuentra un panteón de difuntos con un número infinito de tumbas. Por supuesto, Lord Nelson está enterrado allí, así como también el gran pintor William Turner, el músico Sullivan y el científico Fleming, descubridor de la penicilina. Para Churchill solo hay un monumento; no está enterrado allí. Por lo menos un monumento recuerda a Florence Nightingale. Fue la primera en ocuparse de los soldados heridos en los campos de batalla de la guerra de Crimea.

Almirante David Beatty

Houston me señaló especialmente su tumba. Él estuvo en la batalla de Jartum en Sudán; participó en la Segunda Guerra del Opio. Fue secretario de Churchill. Luchó en el Levantamiento de los bóxers en China; fue Almirante de la Royal Navy. En 1914 estuvo presente en la batalla de Heligoland; en 1915 en el Doggerbank. En 1916, mientras comandaba la flota británica en la batalla de Skagerrak, dijo que "algo parece fallar con nuestros malditos barcos". Después de eso, sin embargo, se dice que recalcó lo siguiente: "no olviden que el enemigo es una bestia despreciable". Así que él tenía la misma dicción que su antiguo jefe Churchill.

Pensamiento

Churchill también dijo siempre que los alemanes no eran humanos, sino bestias, y los llamaba incluso hunos. Esto se ha seguido inculcando en los alemanes después de 1945 a causa de a la persecución de los judíos. El hecho de que Beatty ya lo supiera en la época imperial es un misterio que no se puede resolver tan rápidamente. La flota británica, que había llegado a ser la más grande del mundo bajo el comando de Beatty, fue derrotada por los alemanes en esta batalla de Skagerrak; la mayoría de sus barcos fueron hundidos. Más de 6.000 marineros murieron. Los alemanes también sufrieron pérdidas dolorosas y casi 2.000 muertes. La prensa británica, sin embargo, vendió esta derrota como una gran victoria.

¿Cómo se habría desarrollado esta batalla si Churchill hubiera sido el comandante en jefe? Tuvo que dimitir debido al desastre de Galípoli y Beatty fue su sucesor. Yo supongo que el desasosiego hubiera sido aún peor para los británicos.

Tumba de Wren

La tumba del maestro constructor está también en la cripta, por supuesto. Una gran losa de mármol negro pulido y sin decoración. Y acá, como en todos los lugares históricos, había una maestra acompañada de sus pequeños alumnos. Varios estaban sentados tranquilamente en la losa de la tumba; algunos estaban en el suelo y otros, frente a ella. La maestra también les mostró una gran imagen donde podía verse cómo era la catedral antes del Gran Incendio. Así aprenden los pequeños londinenses sobre la historia de su país y su ciudad, de una manera siempre plástica y visual.

City of London (5.2)

Después de la visita fuimos a dar un paseo por la City de Londres. El clima era apacible. Después de un desvío a Old Bailey caminamos sobre el Ludgate Hill hacia Fleet Street, la calle de los periódicos. Houston contó que ya había publicado sátiras en las páginas principales de algunos periódicos. Por supuesto, también hicimos varias paradas en viejos pubs; en cada uno de ellos tomamos una cerveza.

Ye Olde Cock tavern

Tennyson y Samuel Pepys frecuentaban este pub acogedor. Houston me contó allí un pequeño chiste. Churchill no estaba para nada entusiasmado con que las tres zonas occidentales de ocupación se agruparan en una sola República Federal Alemana. Él deseaba que Alemania permaneciera siempre despedazada. De todas maneras, aunque Churchill había jurado que ningún alemán volvería a sostener un arma en sus manos, se fundaron las Fuerzas Armadas Alemanas. Su ira aumentó entonces de manera inconmensurable. Sin embargo, como él era el primer ministro[30], estaba obligado a recibir a las buenas o a las malas al canciller alemán, el Dr. Adenauer. El primer encuentro fue extremadamente helado. El segundo encuentro fue casi amistoso, pues ya se había resignado a los acontecimientos.

Adenauer

A Churchill incluso le agradó el comentario de Adenauer "¿Y a mí qué me importan esos chismes viejos?" Él dijo: "Yo podría

---

[30] Pequeña errata al designar el cargo. Churchill era primer ministro, no presidente.

haber dicho lo mismo". Y Adenauer respondió: "Durante este período, la nueva Alemania se ha adaptado ampliamente a las costumbres de la democracia inglesa. Si un puesto importante en el gobierno queda libre, ya no se elige a un miembro del partido para ocuparlo; ahora la posición queda abierta a una convocatoria y así se elige a la persona más capaz. Recientemente se abrió una convocatoria para un puesto gubernamental muy importante en Bonn. Entre los muchos solicitantes hubo tres preseleccionados: un profesor de primaria, un comerciante y un judío.

El más capaz

Los tres preseleccionados tuvieron que presentar un examen. La única pregunta era la siguiente: ¿Cuánto es 2 + 2? El maestro de primaria fue el primero en responder; él gritó: "Eso es fácil, la respuesta es 4 ". El hombre de negocios respondió después: "Fácil no es, pero es algo cercano al 4". El judío se opuso y afirmó lo siguiente: "Pero claro que es fácil. Si uno está comprando, la respuesta es 3; y si está vendiendo, 5".

"¿Y quién consiguió el trabajo?", preguntó Churchill.

Adenauer respondió: "Después de una profunda consideración he decidido dárselo a un primo de mi esposa".

Churchill se rio y dijo: "Veo que Alemania se encuentra en el mejor camino hacia una verdadera democracia, basada en el modelo inglés".

Cheshire Cheese

Después de unos pocos pasos volvimos a tener sed y fuimos al "Cheshire Cheese". Allí hay un verdadero queso de cabra inglés. Era el bar favorito de Dickens y Chesterton. Con seguridad algunos conocen al Padre Brown o a los cuentos cortos de "The Everlasting Man"[31]. Cuando estábamos en ese lugar, Houston tuvo ganas de contarme una historia juvenil de FDR (cuando estaba acompañando a sus padres a un tratamiento en Bad Nauheim), pero prefirió guardarla para una fecha posterior. Él consideraba que este presidente era totalmente ignorante y casi tan ingenuo como Adán antes de la caída de la humanidad.

Pero cuando se trataba de dinero, ahí sí tenía ideas brillantes. En 1932, cuando llegó a la presidencia, promulgó una ley que prohibía a los particulares poseer oro. Quienes se negaron a vender su oro a un banco a cambio de dólares fueron amenazados hasta con 10 años de cárcel. Luego, cuando se entregaron 4,5 mil millones (billones estadounidenses), él supuso que ya se había recogido casi todo el oro e incrementó el precio en un 100 %. Y así, de un solo golpe, los bancos ganaron 4.500 millones.

Siendo más precisos, los que se beneficiaron fueron los dueños de los bancos. El mayor banco de Nueva York, el Chase Manhattan, era propiedad de Rockefeller; y el barón Rothschild era también propietario de varios bancos. Es de suponer que ellos mostraron su gratitud por este servicio de amor de FDR.

Temple Bar Memorial

Al final de la Fleet Street, en medio de la calle, se encuentra este monumento conmemorativo. Este punto señala el final de la City de Londres; a partir de ahí, la calle cambia de nombre

---

[31] "The Everlasting Man" es un ensayo.

(pasa de "Fleet Street" a "Strand") y nos encontramos en Westminster. En las cercanías hay construcciones interesantes visitadas por todos. Allí se encuentra, por ejemplo, la Temple Church; esta fue construida en 1185 por los Caballeros Templarios usando como modelo la Iglesia del Santo Sepulcro de Jerusalén (Holy Sepulchre Church).

Middle Temple Hall

Allí se estrenó en 1602 "Twelfth Night" de Shakespeare. Todos estos edificios están situados en una zona verde, parecida a un parque, que se extiende hasta el Támesis. Es un oasis de tranquilidad (oase of tranquillity), con muchos bancos. Nos sentamos allí y, como ya era de noche, observamos los barcos iluminados deslizándose. El camino hacia la Temple Avenue, donde vive Douglas, fue corto y agradable.

Temple Avenue (5.3)

En casa de Douglas y Lizzy

Ya nos estaban esperando. Lizzy tocaba el piano. Sabíamos que era cantante, pero ignorábamos que también era una excelente pianista. Era una aficionada al jazz. Charles y Cynthia estaban al lado de ella y la oían con entusiasmo.

Gran salón

Me sorprendí al entrar a este apartamento señorial. Douglas siempre había sido muy modesto; él representaba con gusto el papel del bohème sin dinero. Es, de hecho, un miembro de la nobleza; pero yo no me enteré hasta ese día.

Sorpresa

Él había preparado una gran sorpresa para todos nosotros. Quería mostrarnos en una pantalla enorme un viejo cortometraje que había sido galardonado con el Oscar en 1933. Para este fin había agrupado todos nuestros asientos en un semicírculo alrededor de la pantalla.

Pride of London

Él quiso inaugurar la velada sin muchas palabras. Ahora bien, antes de encender la máquina hubo un brindis con la mejor cerveza inglesa, elaborada en Londres y servida únicamente en Londres: Pride of London.

Los alemanes son considerados los mayores bebedores de cerveza, pero los británicos los superan con creces. Su beer y su ale, que corren como aceite por la garganta, no conocen competencia. Muchos ingleses siguen elaborando, aún hoy en día, su propia cerveza en cubos y tinas.

Anuncio

Las damas también brindaron con un cheerio y luego Douglas anunció que había elegido especialmente esta cerveza porque él y Lizzy interpretarían "Pride of London" en la apertura de la segunda parte de la velada. Esta canción, interpretada originalmente por Noel Coward, se había convertido casi en un himno nacional.

Cortometraje

Sin más introducción, esperó a que cada uno de nosotros se sentara cómodamente; luego encendió la televisión y dejó que el DVD reprodujera esta pieza galardonada en 1933. Esta película mostraba el primer sobrevuelo al Monte Everest con dos Westland Wallace.

Comienzos de la aviación (5.4)

Uno de los dos pilotos era su tío abuelo, Douglas Douglas-Hamilton, decimocuarto duque de Hamilton. En aquel entonces volar todavía era una labor pionera. En el segundo biplano volaba su amigo y compañero de combate. Sus fotógrafos estaban sentados detrás de ellos. La exigencia particular de este vuelo era la enorme altitud: más de 8.848 metros sobre el nivel del mar; esta es aproximadamente la altitud que los aviones de pasajeros actuales necesitan para vuelos intercontinentales.

Fallas técnicas

En el primer vuelo, fechado el 3 de abril de 1933, todo salió absolutamente mal. Debido al frío extremo en esta altitud, menos 40 grados centígrados, la gasolina se congeló; el aire era demasiado delgado para respirar y las máscaras de respiración no funcionaban en este frío. Los cuatro hombres estuvieron cerca de morir asfixiados. Las cámaras también se atascaron y todo el material fílmico resultó inútil.

Prohibición

Los cuatro habían sobrevolado al monte Everest, pero no tenían ni una sola foto para mostrar. El gobierno de Londres les prohibió repetir el vuelo porque consideraba que sus vidas se pondrían en riesgo.

Trabajos manuales

Pero estos cuatro no se dejaron amedrentar. Decidieron entonces armar sus propias cámaras y máscaras de oxígeno. En aquellos primeros tiempos, un piloto tenía que ser capaz de ayudarse a sí mismo. El 19 de abril de 1933, a pesar de la prohibición, realizaron un segundo intento. Y esta vez con pleno éxito.

Imágenes muy nítidas

El resultado de las fotos fue esta vez impresionante. Por primera vez pudo verse el entorno de este gran pico, algo que nunca se había logrado antes. El primer ascenso al Everest, llevado a cabo por Hillary y su sherpa Tensing, habría sido imposible si Hillary no hubiera podido contar con estas fotos para preparar la expedición.

Charles Lindbergh

Después de este cortometraje siguió una discusión general. Todos pensábamos lo excitante e interesante que seguía siendo hoy en día este primer período de la aviación. Lizzy añadió que su compatriota fue el primero en superar el problema de los vuelos de largo recorrido al realizar un vuelo en solitario a través del Océano Atlántico y que, además, estos pioneros solían poner en riesgo sus propias vidas.

Internacional

Estos pioneros también se mantuvieron en contacto por encima de las fronteras nacionales. Lindbergh era amigo personal de Eduardo VIII y este, a su vez, era un piloto aficionado. El mismo Eduardo viajó en avión desde Sandhurst a Londres para su toma de posesión tras la muerte de su padre;

este fue un acontecimiento que se producía por primera vez en la familia real británica.

Vuelo nocturno

Cynthia recordó que el problema de los vuelos nocturnos también tuvo que resolverse en aquella época. Saint-Exupéry, uno de sus autores favoritos, fue uno de los pioneros en ese campo. Ella nos recordó su famoso libro, "Vuelo nocturno". Él quería ayudar a establecer un servicio postal regular entre Santiago de Chile y Argentina, pero los altos Andes eran un obstáculo adicional. Para él era una experiencia cotidiana tener que reparar por sí mismo sus aviones dañados. Si aterrizaba solo en el desierto, por ejemplo, y se encontraba sin ayuda en un área amplia, dependía únicamente de sus propias habilidades técnicas. Sin embargo, esto también se prestaba para encuentros, como aquel que tuvo una vez con el Principito, quien resultó ayudándole a superar toda miseria.

Hobby de la high society

El hermano menor del rey Jorge, el primer duque de Kent, también era un piloto talentoso. Él también voló aviones más grandes en intervenciones militares durante la guerra. Era el mejor amigo de mi tío abuelo. Este incluso había construido su propia pista de aterrizaje en la antigua cota de caza de su familia en Escocia, en Dungavel Castle. Su amigo real solía aterrizar allí los fines de semana y los dos realizaban vuelos de competencia.

Hess resultaría aterrizando en esa misma pista el 10 de mayo de 1941.

Jorge, primer duque de Kent

Él era el cuarto hijo de Jorge V y la reina María, la muy elegante y bella Maria von Teck –se la consideraba la mujer más bella de Europa–; su hijo era un joven muy atractivo y aficionado a los deportes. Al igual que el pelirrojo de Harry hoy en día, él era everybody´s darling para unos y, para otros, el "enfant terrible" de la familia real. Fue el último en casarse con una noble extranjera, Marina de Grecia y Dinamarca. La boda se celebró con gran pompa. Todas las bodas reales posteriores se realizaron con nobles británicos o burgueses.

Florence Mills

Él tuvo muchas aventuras con bailarinas, actrices y cantantes antes de casarse. Hubo una ola especial en la que tuvo un romance con la queen of jazz, Florence Mills. Ella es considerada la primera gran estrella de los negros. Lizzy quiso comenzar la noche tocando "Black Birds" al piano, una pieza de su famoso musical.

Edythe[32] Baker

Yes Sir, that's my baby,
You are my hearts delight,
Where is the rainbow,
Dancing till dawn

Ella fue una de las muchas aventuras del príncipe real.

---

[32] Pequeña errata en el original, donde aparece como "Edyth Baker".

Noel Coward

Incluso cuando ya estaba casado, siguió teniendo relaciones con otras mujeres y —¡qué escándalo!— también con el deslumbrante Noel Coward. Él era, por así decirlo, bisexual.

La popular actriz Inge Meysel, cuando la animaron a salir del armario, dijo con una jeta bien berlinesa lo siguiente: "Soy bisexual. Así tengo más opciones para escoger". Lo anterior también se aplica, evidentemente, al primer duque de Kent.

Champaña

Douglas decidió, en ese momento, pasar a la segunda parte de la velada. Los inicios de la aviación habían sido el tema al principio de la velada. El siguiente tema debería ser el vuelo de Hess. Este vuelo es uno de los eventos más extraños y enigmáticos de la Segunda Guerra Mundial. Ahora bien, en aquel momento dejamos de tomar cerveza y Lizzy mandó traer botellas de champaña. El personal de servicio, que hasta ese momento se encontraba en el fondo, empezó a traer botellas de campaña y a descorcharlas con fuertes ruidos. Douglas, después de un brindis con à votre santé y cheerio, quiso cantar la famosa canción de resistencia de Noel Coward: "Pride of London". Londres había recibido el mayor bombardeo de su historia el 10 de mayo de 1941 y él compuso la letra y la música después de ello. 500 aviones arrojaron bombas sobre la ciudad y causaron daños muy graves. Lizzy, en ausencia de una orquesta, lo acompañó al piano.

Letra

London Pride has been handed down to us.
London Pride is a flower that´s free.
London Pride means our own dear town to us,
And our pride it forever will be.

Es una declaración de amor a Londres, su adorada ciudad.

Cockney feet mark the beat of history.
Every street pins a memory down.
Nothing ever can quite replace
The grace of London Town.

La letra evoca el significado histórico de la ciudad.

Every Blitz your resistance toughening,
From the Ritz to the Anchor and Crown,
Nothing ever could override
The pride of London Town.

Cada uno de los ataques solo consigue fortalecer a la resistencia; nada vencerá a Londres.

Melody

Los amantes de la música tienen mucho que descubrir en esta canción. Se dice que Coward incorporó secuencias de "God saves the King", de "Land of hope and glory" e incluso de "Deutschland Deutschland über alles".

Poemas

Se escribieron muchos poemas después de los ataques terroristas más horribles de nuestros días. Estos poemas expresan la voluntad de los londinenses de resistir a la nueva y cambiante situación.

Razón para la transición

Douglas explicó por qué había elegido esta canción para pasar al segundo tema de la velada. La razón era la siguiente: precisamente el 10 de mayo de 1941, día del gran ataque a Londres, Hess emprendió su misterioso vuelo.

Augsburgo

Hess, como preparación para el largo vuelo a Escocia, tuvo que mandar reequipar completamente su avión deportivo en los talleres de la Messerschmitt. El queroseno en el tanque estaba lejos de ser suficiente para este tramo. Se instalaron entonces enormes tanques en el segundo asiento (del copiloto) y en el tercer asiento (del otro acompañante); con ello se buscaba proveer suficiente combustible para el vuelo de ida. Habría sido necesario reabastecerse de combustible para el vuelo de regreso.

Despegue

Hess, de acuerdo a lo acordado, envió una carta a Hitler mediante un mensajero. Allí manifestó que estaba listo para despegar y que abordaría el avión.

Vuelo

Voló por el Rin hasta Róterdam, luego sobrevoló el canal. Después de ello, como no quería que lo siguieran los radares, empezó a volar a menor altura. Ahora bien, como el ataque alemán con 500 aviones se inició en el mismo momento, la defensa aérea británica estaba ocupada defendiéndose de ellos. El vuelo en el sur de Inglaterra, como resultado, no fue demasiado peligroso para Hess.

Plan

Como Churchill había sido informado de los planes de Hess, su vuelo se fue haciendo cada vez más complicado conforme se iba acercando a su destino en Escocia: el Dungavel Castle. Churchill también conocía su plan: él sería privado del poder y Hess actuaría como representante del Führer en el Parlamento inglés (Hess hablaba inglés perfectamente). Una vez en el poder, Hess negociaría un tratado de paz entre Inglaterra y Alemania acompañado de los parlamentarios.

Churchill no representaba los intereses ingleses; él representaba únicamente a las altas finanzas norteamericanas. Para ser más exactos, estaba contratado por el barón Rothschild, el número 1 en Inglaterra y también en Estados Unidos. La llegada de Hess acabaría con esta fiesta.

Raid 42

Churchill quería frustrar el plan de Hitler derribando el avión de Hess. Así se resolverían todos los asuntos. Un caza nocturna especial y 3 Spitfires, llamados "Raid 42", persiguieron al atrevido piloto solitario. Ellos habían sido informados de que un pequeño avión alemán volaría al Dungavel Castle y que debían derribarlo a como fuera.

Hombre V

Churchill había tomado una medida preventiva adicional: había introducido uno de sus hombres V entre los políticos de alto rango que se habían congregado en torno a Douglas Hamilton en el Dungavel Castle. Entonces, si por algún motivo no lograba derribarse la máquina Messerschmitt de Hess, todavía había una oportunidad de frustrar el plan.

Máximo rendimiento

Y, de hecho, el Plan A fracasó. Hess, que no tenía contacto por radio y viajaba por una región completamente desconocida para él, pudo escapar de todos sus perseguidores. Alcanzó su objetivo a pesar de que su equipo no estaba preparado para vuelos nocturnos y el vuelo había sido bastante difícil.

Antorchas

La pista de aterrizaje estaba marcada con antorchas para que Hess pudiera aterrizar con seguridad. Todos se encontraban de pie en el campo de aviación. El avión, luego de dar vueltas sobre la propiedad, envío las primeras señales de radio indicando que ya estaba listo para aterrizar.

Alfred Horn

La palabra clave que permitiría el aterrizaje era Alfred Horn. Hess lo había ideado de esta manera. Churchill comprendió que su hombre V era la persona con la cual Hess debía establecer contacto por radio en primer lugar. Y no solo eso, también comprendió que el hombre V iba a actuar según los intereses de la persona que lo había contratado realmente. Churchill, en vez de autorizar el aterrizaje, empezó a gritar: "¡Apaguen ya las antorchas! ¡Nos han traicionado!"

Perplejo

Hess giró en círculos durante mucho tiempo alrededor del Dungavel Castle, sin saber qué estaba pasando, hasta que el combustible del avión se agotó. Como de noche era imposible atisbar un sitio para aterrizar con seguridad, prefirió estrellar el avión y saltar en paracaídas.

Primer salto en paracaídas

Hess nunca había practicado un salto en paracaídas. Era su primera vez. Un salto hacia lo desconocido. Él no veía lo que había debajo de él, ni dónde aterrizaría; ignoraba si se encontraba sobre árboles o azoteas. La noche era oscura. Aterrizó de manera brusca y se rompió una pierna en el proceso.

Captura

Las tropas que Churchill había apostado alrededor del Dungavel Castle, conocidas como home guards, atraparon a Hess y lo encarcelaron. Churchill fue informado inmediatamente de ello.

Oxford

Churchill se encontraba en Oxford. Quería esperar en ese lugar al resultado del vuelo del representante. Además, allí se encontraba fuera de peligro, pues acababa de ser informado del ataque aéreo en Londres.

Satisfacción

Se frotó las manos satisfecho. Hess no había perecido; ese era el plan original, pero podría haber desencadenado muchos inconvenientes. Ahora bien, al fin y al cabo, era su prisionero. Luego Churchill se recostó hacia atrás, contento, y dijo que quería terminar de ver la película que ya había empezado a ver. Es probable que la película fuera "Casablanca", con Ingrid Bergmann. Mañana temprano se ocuparía del asunto.

Casablanca

Casablanca es una película propagandística muy bien pensada. Tiene estatus de culto hasta el día de hoy. Esta ciudad marroquí todavía estaba bajo la administración francesa del gobierno de Vichy. Por eso la película se hizo exclusivamente en Hollywood. El famoso café ni siquiera existía en Casablanca. Es más, este fue recreado, tiempo después, para que los turistas curiosos puedan visitarlo.

Leak (5.7)[33]

Después de oír cómo Douglas relataba las circunstancias de este vuelo de forma bastante emocionante nos surgió una pregunta: ¿dónde estaba la filtración que permitió al servicio secreto británico enterarse de estos planes?

Antes de continuar tuvimos que volver a llenar nuestras copas de champaña y limpiar con un largo sorbo todo el horror que esta historia nos había infundido.

---

[33] Faltan "5.5" y "5.6".

Historia previa

Douglas empezó aclarando que tenía que retroceder un poco en el tiempo. Todo comenzó en 1936, con motivo de los Juegos Olímpicos de Berlín. Oficialmente, este acontecimiento debía ser boicoteado. Únicamente unos pocos políticos británicos de alto rango, quienes simplemente eran aficionados al deporte, se opusieron a esta idea y acudieron al evento. E incluso los atletas ingleses también participaron. No se pudo cancelar la participación completa del equipo inglés.

Cortejo

Los pocos políticos de alto rango que sí asistieron fueron tratados y cortejados con especial honor por Hitler y sus grandes. Sobra decir que Churchill, obviamente, no viajó a estos juegos.

Alrededor del Zugspitze

Hess prestó especial atención a mi tío abuelo, el decimocuarto duque de Hamilton; Hess sabía que el duque de Hamilton había sido el piloto principal en el primer sobrevuelo al Everest. Hess mismo era un excelente piloto y, además, había sido premiado dos veces en la competencia de vuelo alrededor del Zugspitze; una vez llegó en segundo lugar y otra vez obtuvo el primer premio. Los dos trabaron una relación casi amistosa sobre esta base. Además, no tenían ningún problema de comunicación: Hess hablaba perfectamente inglés, además de muy buen francés, y mi tío abuelo hablaba alemán de manera aceptable.

Appeasement

Neville Chamberlain, que había firmado los Acuerdos de Múnich y que, además, habría estado dispuesto a poner fin a la guerra después del golpe de estado de los generales en torno a Canaris, empezó a sufrir dolores estomacales. Su médico lo examinó y dictaminó que, en el mejor de los casos, moriría de cáncer en menos de seis meses. Hitler se enteró de ello y se dio cuenta de que tenía que buscar a alguien más dentro del gobierno británico que estuviera dispuesto, eventualmente, a buscar la paz. No se podía permitir que el espadachín patológico de toda la vida, el "swashbuckler", prevaleciera como único tirano.

Halifax

Hitler solo conocía a un interlocutor idóneo: Halifax; él era la única persona con la cual era posible tener una conversación razonable. Él lo había invitado al Berghof poco antes del estallido de la guerra; Halifax había causado una gran impresión en Hitler. Fue ministro de Asuntos Exteriores y, además, Hitler consideraba que era el político británico más capaz de esa época.

Cortometraje

Estas conversaciones fueron incluso grabadas. Eva Braun hizo la grabación. Ella era oficialmente la asistente de Hoffmann, el fotógrafo de la corte, y por eso no llamó la atención de los invitados estatales cuando empezó a filmar. Las grabaciones de esa época, sin embargo, carecían de registro sonoro.

Lectura de labios

Esta grabación está fechada entre julio y agosto de 1939, es decir, unas semanas antes del estallido de la guerra con Polonia en Gdansk. La conversación se llevó a cabo en alemán. Y Halifax, uno de los pocos "iniciados" en los preparativos de guerra de FDR, le reveló hasta qué punto la industria bélica de Estados Unidos había progresado recientemente. Hitler quedó horrorizado. Era imposible contrarrestar con algo a semejante potencial de armamento. Y este estaría listo, a más tardar, en 1942.

Esta información no se conoció hasta principios de 2017. Su conversación fue descifrada por expertos en lectura de labios. No queda claro cuál era el propósito de Halifax al revelar esta información; es posible que él quisiera disuadir a Hitler de empezar una guerra contra Polonia. Sin embargo, esto no habría alterado en lo más mínimo el hecho de que las poderosas élites de Estados Unidos quisieran comenzar una guerra contra Alemania, a más tardar, en 1942, pues venían preparándose para ella desde 1932. Se habla de la "regla de los diez años", el periodo necesario para preparar un armamento de semejantes proporciones.

Propuesta de Hess

El representante de Hitler era una construcción gubernamental única: era un ministro sin funciones ejecutivas que tenía la autoridad para firmar contratos y cuya firma era tan válida como la del mismo Hitler. Y bien, este representante recordó la excelente armonía que tenía con Lord Douglas-Hamilton, gran pionero de la aviación y una de las figuras más influyentes en la política inglesa.

Él también sabía de su amistad con el rey Eduardo VIII, que además era un entusiasta de la aviación y había sido obligado a renunciar al trono por su simpatía con Alemania. Era también un buen amigo de su hermano menor, Jorge I, duque de Kent, quien además era un piloto entusiasta. Además, sabía de su odio hacia Churchill, quien, según su opinión, era un peón de las altas finanzas estadounidenses alrededor de Baruch y que, además, había arruinado con ello al Imperio Británico.

Haushofer

Hess también conocía a alguien que podía establecer contacto con Douglas-Hamilton: Haushofer Junior, su secretario, quien a su vez podría ser contactado a través de su padre, el profesor Haushofer, quien tenía relaciones en todas las capitales del mundo. Él fue profesor en la Universidad de Múnich y, además, había introducido un nuevo tema: la geopolítica.

Burckhardt

Este hombre era el máximo dirigente de la Cruz Roja en Suiza y, por lo tanto, tenía contactos con los países en guerra, incluso en tiempos de guerra. Como había sido amigo por muchos años del profesor Haushofer, él estaba dispuesto a establecer un contacto entre Hess y Douglas-Hamilton.

Empleado del SIS

Lo que Hess y Haushofer ignoraban era que un servicio de asistencia como la Cruz Roja tenía que cooperar a menudo con el servicio secreto de los países afectados. Por eso es que todo el intercambio de información entre Hess y Hamilton resultó posteriormente en manos del SIS. Churchill, como jefe del SIS, se dio cuenta inmediatamente de que este asunto implicaría su propio despido; él eliminó entonces el departamento correspondiente del SIS, que a partir de ese momento quedó únicamente bajo su mando, y estableció un cuartel general en el jardín de su propiedad privada en Chartwell. Él elegía a partir de entonces qué información llegaba al SIS general, al que los "conspiradores" también tenían acceso. Esto permitió que la traición de los "golpistas" pasara desapercibida.

Teorías falsas

Alemania hizo una declaración inmediatamente después de que quedó claro que el plan de Hess había sido revelado. El secretario de Hess era judío (su madre era judía). Fue responsabilizado de haber informado a Churchill y, por lo tanto, fue arrestado inmediatamente.

Permiso de trabajo

Hess sabía que su secretario era judío. Pero confiaba plenamente en él. Incluso trató personalmente de conseguirle un permiso de trabajo. Su padre también estaba fuera de toda sospecha. Hess había estudiado con él. Él era incluso su alumno favorito y era amigo suyo de toda la vida. Ciertamente, la sospecha del joven Haushofer era injustificada.

Problema

Pero había otro problema: no podía hacerse público que un plan diseñado por Hitler había fracasado. No encajaba con la "image" del Führer. Este tenía que ser infalible a los ojos del pueblo. Por lo tanto, se dijo que el Führer ignoraba completamente las intenciones de su representante. Hitler dijo entonces que aquel había operado con un pacifismo exagerado y sin su conocimiento. El encarcelamiento de Haushofer Junior se basó en el hecho de que él no había denunciado ante Hitler el plan de su jefe.

La prensa inglesa (5.8)

Churchill le dijo a la prensa que había habido una lucha de poderes en Berlín. También dijo que Hess temía por su vida y que había huido a Inglaterra para buscar refugio.

"El periquito marrón se escapó", decía en la primera plana de otro periódico.

"El representante del Führer ha perdido la cabeza", titulaba un tercer diario.

Interrogatorios

Todas las personas que se encontraban en el Dungavel Castle al momento del aterrizaje fueron llamadas a interrogatorio. El primero en ser interrogado debía ser el mismo duque, propietario del castillo, quien además había invitado a muchas personas. Por cierto, el Dungavel Castle no era su morada principal, sino solo su cota de caza. Douglas-Hamilton tenía dos ducados y su morada principal era un palacio muy amplio; el tamaño de su palacio se hacía evidente por el papel que desempeñaba en Gran Bretaña.

Difamación

Churchill estaba bien informado. El interrogatorio del duque no servía para nada. Sin embargo, lo dicho allí –el duque negó conocer a Hess– resultó siendo útil para Churchill. Esta mentira encajaba perfectamente con su plan. Luego se la transmitió a la prensa: Hess, un desequilibrado mental, creía que podría convencer al duque, a quien había conocido brevemente durante las Olimpíadas de Berlín, de iniciar un proceso de paz. Aparentemente el duque, por su lado, no recordaba nada de aquella reunión. Cuando le pusieron a Hess al frente dijo que nunca antes lo había visto.

Expropiación

Churchill actuó como si hubiera creído al duque. Por supuesto, el duque no podía quedarse sin castigo; sin embargo, este no debería estar relacionado con el verdadero evento. También se quería evitar una lucha de poderes interna, en plena guerra, con esta familia influyente.

Años más tarde, en 1947, el coto de caza fue expropiado. El pretexto era que este podría convertirse en un lugar de peregrinación para los militantes nazis en Inglaterra. Irse de allí fue penoso para la familia, pues muchos de sus antepasados habían sido enterrados allí.

Cárcel de mala fama

La magnífica casa de campo señorial se convirtió en una prisión del peor tipo. En ninguna otra cárcel ha habido tantos escándalos. Esa era la intención. La reputación de este lugar debía ser destruida completamente.

Campamento de asilo

En los últimos tiempos esto se ha incrementado aún más. Los solicitantes de asilo que están a punto de ser deportados son retenidos allí. Las manifestaciones y contramanifestaciones se alternan constantemente. Todo el terreno será demolido en un futuro próximo.

Él es uno de los hijos del duque y ha escrito un libro que se puede comprar en Amazon. Tiene como título "The truth about Hess". No he leído el libro, pero tengo la impresión de que no tiene nada nuevo que informar. Probablemente le obligaron a escribirlo para confirmar las verdades parciales que ya conocemos.

Los papeles en torno al vuelo de Hess están bloqueados hasta el 2041, por eso se asume que todavía hay un misterio por publicar. Un secreto de 100 años es absolutamente inusual.

Jorge, 1er duque de Kent (5.9)

Churchill sabía que este hermano menor del rey tenía la intención de ser el futuro rey del "gobierno golpista". Eduardo VIII, que había sido obligado a dimitir, no veía ninguna posibilidad de regresar a Inglaterra desde las Bahamas, donde lo habían exiliado. Habría estado preparado para recuperar el título real.

Jorge declaró en el interrogatorio que solía encontrarse con los demás pilotos entusiastas en la cota de caza; la razón que alegó era que la pista de aterrizaje permitía encuentros rápidos. Su amigo íntimo de esa época, Noel Coward, también solía estar presente en esos encuentros.

Churchill también quedó muy satisfecho con esta excusa. Sonaba muy plausible. Entonces, ninguno de los "invitados" tenía la más mínima idea de que Hess estaba en ese vuelo.

Condena

La condena debía ser entonces muy dolorosa. También porque Jorge, el amado del pueblo, era y seguía siendo un oponente serio, incluso después del cambio de poder fallido. El servicio secreto militar MI5 manipuló con facilidad los motores de su aeronave. Tiempo después, se le encargó participar en una intervención militar, acompañado de sus ocho camaradas en armas más cercanos; para esta misión tenía que cruzar el Atlántico y volar hasta Terranova. Poco después del despegue, el Short Sunderland se estrelló y todos los presos murieron. Un fallo técnica entonces.

Viuda

Su esposa, Marina de Grecia y Dinamarca, había dado a luz a un hijo del duque 8 semanas antes. Este hijo todavía vive. Después de la muerte de su esposo, Churchill le dijo que tenía que abandonar su residencia. El difunto marido era la única persona que hacía parte de la familia real. También le informó que ya no recibiría sustento anual para ella y para sus hijos. Esos pagos solo eran realizados para miembros de la realeza.

Jorge V

Él era el hermano mayor y padre de la actual reina Isabel. Se compadeció de la viuda de su hermano menor y de sus tres hijos pequeños y les dio algunas habitaciones en el Kensington Palace. También les dio dinero de su fortuna privada para que la madre pudiera comprar cosas para ella y sus hijos. En realidad, Marina debería haber recibido una pensión de viudez. El "accidente" tuvo lugar durante una operación militar.

Alquiler

El tiempo pasó. Los niños se hicieron adultos y carecían de ingresos propios. Sin embargo, seguían viviendo en el Kensington Palace. En el parlamento se discutió si el estado estaba todavía dispuesto a correr con los gastos de mantenimiento del palacio. El palacio en sí mismo pertenecía al rey, pero el estado participaba en los gastos de sostenimiento. Se decidió entonces que el "alquiler" había sido demasiado bajo y que, por lo tanto, ellos tenían que pagar alquileres retroactivos y muchas multas. Isabel II, quien para ese momento ya se había convertido en reina, se hizo cargo de todos los gastos de sus familiares.

Derrocamiento

No era claro cómo iban a quitarle el poder a Churchill. ¿Había que capturarlo o simplemente podía votarse en el parlamento? El estado de ánimo en Londres, después del último gran ataque aéreo, se oponía a la guerra; cualquier persona habría estado de acuerdo en que esta guerra insensata e "innecesaria" terminara definitivamente. Nadie creía que los alemanes conquistarían la isla, incluso a pesar de que Churchill estimulaba el miedo de la gente alegando que había que "luchar en las playas, defendiendo las casas y jardines". Además, ¿qué ventaja obtendrían los alemanes de ocupar Inglaterra? Y de manera opuesta, ¿qué ventaja obtendrían los ingleses al luchar contra los alemanes? Esta guerra se había librado exclusivamente para satisfacer los intereses de las altas finanzas en Estados Unidos. Ellos querían acabar con Alemania, un fuerte factor económico; sobre todo querían acabar con su comercio exterior, pues no se realizaba a través del World Trade Center, no sucedía en Nueva York y tampoco en dólares.

Voluntad de paz

El futuro rey quería apoyar la voluntad de paz del pueblo y hacer la paz. Su amigo Noel Coward quería apoyarlo en este empeño y usar una de sus canciones para preparar un ambiente conciliador con los alemanes. Allí se pedía a los ingleses que no fueran tan duros con los alemanes. La canción comenzaba diciendo: "Don't let´s be beastly to the Germans". Pero ahora, poco después de que la conspiración había sido descubierta, esta actitud no podía tolerarse. Esta canción fue añadida a la lista de canciones prohibidas "List of songs banned by the BBC!" y se prohibió su difusión pública.

Malentendido

Esta canción fue, en un principio, muy apreciada y popular. Churchill estuvo incluso muy entusiasmado con ella, tanto así que cuando la canción se presentó en vivo ("when performed live") él pidió que la repitieran ("he demanded several encores"). Los alemanes eran allí designados como "the rats". Y en el último verso ellos eran "the huns", los hunos, como oficialmente debían ser llamados. Se tomó de manera literal, y no irónica, que Beethoven y Bach eran peores que los "nasty nazis", algo así como Jack el destripador o Mackie Messer.

Nueva interpretación

Pero Churchill, después de enterarse de que Coward había participado en el plan para poner fin a la guerra contra Alemania, valoró esta canción de una manera muy diferente. Ahora incluso el primer verso, al ser interpretado de manera

211

literal, resultaba un escándalo y una provocación. No había que ser tan beastly con los alemanes; mejor dicho, que no había que comportarse como bestias. Esto era casi una alta traición.

Noel Coward

El artista más popular de Londres tuvo que soportar que sus conciertos fueran boicoteados. En la prensa empezaron a aparecer valoraciones negativas sobre su trabajo. No hubo más actuaciones con él. Se convirtió en persona non grata.

Ya no está prohibido oficialmente; simplemente nadie canta sus canciones. Hoy en día, para los ingleses, es de lo más natural rechazar a los alemanes. Por eso ahora es imposible, por razones emocionales, que un inglés cante que "no queremos ser tan desagradables con los alemanes".

Actuación

Douglas, oponiéndose al espíritu de la época y al ánimo general, e incluso a la political correctness, decidió cantar. Y Lizzy lo acompañó al piano.

"Don´t let´s be beastly to the Germans"

Letra

Don´t let´s be beastly to the Germans
When our victory is ultimately won,
It was just those nasty Nazis who persuaded them to fight
And their Beethoven and Bach are really far worse than their bite
Let´s be meek to them
And turn the other cheek to them
And try to bring out their latent sense of fun.
Let´s give them full air parity

And treat the rats with charity,
But don´t let´s be beastly to the Hun.

Y debo decir que nosotros percibimos esta actuación gracias al conocimiento adquirido sobre el contexto, como un deleite artístico muy especial.

Servicio de entrega

Precisamente en ese instante –el momento indicado– sonó el timbre. Llegó el servicio de entrega y nos trajo la cena de medianoche, le souper.

Desafortunadamente, hubo algunas dificultades con el chef húngaro. Él quería hacer para nosotros sopa de gulasch con pimentón y panqueques rellenos de arándanos. Así que Lizzy decidió cambiar y pedir algo rápido en McDonald's. Las hamburguesas se pueden servir sin mayores problemas y, además, vienen frescas de un local cercano. Acompañamos la comida bebiendo una Guinness, incluyendo las damas.

Especulación (5.10)

Hubo una discusión después de la cena. El tema fue: ¿Qué sería distinto hoy si la guerra se hubiera detenido en aquel momento?

Indonesia

¿Seguirían los holandeses en posesión de las hermosas islas de Sumatra, Java, Bali... y de las Islas de las Especias? Los japoneses todavía no habían invadido estas islas. Y en 1945, cuando los japonenses tuvieron que retirarse del lugar,

Sukarno impidió que los antiguos jefes coloniales entraran de nuevo al país. Los Países Bajos estaban destruidos en ese momento y ya no estaban en capacidad de forzar su regreso. Después del desembarco de los aliados en Normandía y de las batallas en su territorio habían quedado muy debilitados.

Indochina

Lo mismo se aplica a Vietnam, Camboya, Laos. En aquel entonces, en 1941, Indochina seguía siendo propiedad de los franceses, del gobierno de Vichy. Tiempo después, ellos decidieron concederle a los japoneses el derecho a ocupar la tierra; y así lo hicieron, hasta 1945. Sin embargo, cuando los japoneses tuvieron que retirarse en ese año, los lugareños no querían que los antiguos gobernantes coloniales franceses regresaran; ellos tampoco querían que entraran los estadounidenses, quienes posteriormente montaron el incidente del golfo de Tonkín (agosto de 1964) para poder invadir Vietnam.

India

Gandhi ya había logrado cierta independencia para la India, pero el país solo llegó a ser completamente soberano en 1947. Sin embargo, es posible que esta independencia de la India hubiera tomado un camino distinto sin las acciones militares de finales de 1941-1951.

África

El Congo belga, Kenia, Rhodesia... todo se estaba desmoronando lentamente. Y África logró la independencia. También Senegal, Nigeria, Camerún... En Argelia tardó todavía más tiempo. Esta tierra era muy importante para los franceses, tanto así que la declararon parte de la madre patria y le dieron derecho de voto a los argelinos.

Certidumbre

Bueno, todo esto eran especulaciones, en eso estábamos todos de acuerdo. Lo único cierto era que Hitler, apenas 6 semanas después del vuelo de Hess, comenzó su ataque contra Rusia: la Operación Barbarroja. Todavía sigue sin aclararse la relación entre el vuelo de Hess y este ataque propinado sin declaración de guerra. ¿Había sido realmente planeado?, ¿o fue simplemente realizado porque el golpe de estado con Hess había fracasado?

Desastre

Pero también es cierto que la decisión de atacar a Rusia provocó el mayor desastre de la Segunda Guerra Mundial: el sufrimiento inconmensurable de la población rusa, los agobios inhumanos de los soldados alemanes y el holocausto, que los judíos llaman shoah. Todo esto comenzó con la invasión a Rusia.

Solución final

En un discurso pronunciado en 1939, poco después de la campaña polaca, Hitler dijo lo siguiente: "Si las altas finanzas judías en Wall Street quieren llevar al mundo a una Segunda Guerra Mundial, tal como ocurrió en la Primera Guerra Mundial, el final será ahora distinto; no será la destrucción del pueblo alemán, sino la destrucción de los judíos en Europa".

Él opinaba que los verdaderos poseedores de poder en los EE. UU. eran los grandes bancos; es decir: Rothschild, Rockefeller, Lehmann Brothers, Goldmann Sachs, Morgan-Stanley,

Warburg, etc... Todos ellos son casualmente judíos. Por ello Hitler pensaba que los judíos eran los verdaderos enemigos del Reich alemán.

Hess, un caso problemático

No había muerto en el accidente de su avión. Los parlamentarios y los miembros del gobierno tenían derecho a saber lo que realmente había ocurrido en este caso. Así que Churchill no pudo evitar llevarlo a un comité de investigación.

Temores

Él tenía mucho miedo a que los miembros del parlamento se inclinaran a favor de un tratado de paz si se enteraban de la oferta de paz de Hitler. Ya había rechazado tres iniciativas importantes sin siquiera informar a los miembros del gobierno sobre su contenido.

Pacelli

Él era el embajador del Vaticano en Berlín. Más tarde fue elegido como papa y recibió el nombre de Pío XII. Churchill solía llamarlo "Hitler's pope". Pacelli aseguró al gobierno británico que una vez terminada la guerra, Hitler establecería el status quo previo al conflicto. Esto quería decir lo siguiente: Francia volvería a ser soberana en sus antiguas fronteras, con excepción de Alsacia-Lorena, que debería seguir siendo alemana. Polonia también volvería a ser restaurada dentro de sus antiguas fronteras; únicamente la ciudad de Gdansk, habitada en un 98 % por alemanes, debería ser administrada por los propios alemanes. Ahora bien, Pacelli no tenía nada que decir sobre los terrenos polacos recientemente ocupados por los rusos.

Rey de Suecia

Suecia, que había permanecido neutral en el conflicto entre Inglaterra y Alemania, quiso también oficiar como mediadora. Pero fracasó.

El gran industrial Dahlerus, autorizado por la industria alemana, quiso también buscar la paz. Pero fracasó de la misma manera. Churchill torpedeó todos los intentos de terminar con la guerra porque él le había prometido a FDR que crearía todas las condiciones necesarias para una gran guerra. Y también porque dependía completamente de las contribuciones que recibía regularmente de su amigo Baruch.

Llamada telefónica diaria

Churchill tenía contacto diario con FDR a través del "retrete" de los war rooms; allí recibía instrucciones diarias y directas del centro de poder en Estados Unidos. Ninguno de los miembros de su gabinete de guerra llegó a enterarse de lo que se discutía en esa habitación contigua. Él sabía que la única manera de ganar esta guerra era utilizando el enorme potencial armamentístico de los Estados Unidos. También sabía que FDR esperaba, día a día, a que se diera la oportunidad de intervenir en la guerra. FDR podría hacerlo cuando el pueblo estadounidense dejara de tener voluntad de paz. Y esto sucedió en 1941, seis meses después del vuelo de Hess, cuando los japoneses atacaron —supuestamente de la nada— Pearl Harbor. Sobra decir que Churchill estaba jubiloso.

Peligro

Poco tiempo después, Hess fue presentado a la comisión de investigación. Los detalles de su plan de paz no podían filtrarse todavía. Churchill, buscando evitar que esto pasara, ordenó que Hess fuera drogado fuertemente; esto condujo a que se comportara como un demente, perdiera la memoria y dijera cosas incomprensibles.

Resultado

La comisión pudo constatar que tenía enfrente suyo a una persona mentalmente enferma que solo decía tonterías incoherentes. Decía, por ejemplo, que Alemania quería recuperar sus colonias y que él no tenía mandato ni autoridad para negociar. Decía también que había emprendido el vuelo hacia Dungavel Castle sin el conocimiento del Führer, por iniciativa propia y sin haber consultado a Douglas-Hamilton. Él había volado sin la más mínima orientación.

Adaptación

Esta sentencia fue aceptada con facilidad en Berlín. Admitir que una misión delicada en la que Hitler estaba involucrado había fracasado era políticamente más problemático que admitir que un ministro había perdido la cabeza.

Daños

El efecto de las drogas administradas a Hess duró por varios días y, además, causó daños cerebrales permanentes. Esto se hizo evidente, años más tarde, durante los juicios de Núremberg: la mirada loca, las lagunas de su memoria, el extraño comportamiento.

Momentos lúcidos

Pero Hess, de vez en cuando, volvía a tener momentos de lucidez. Es posible que el suministro de drogas no haya sido constante. En uno de estos momentos lúcidos le escribió una carta al rey de Inglaterra.

Carta al rey

En ella se quejaba de varias cosas. Decía que habían añadido sustancias en sus alimentos que alteraban su conciencia. Decía que lo habían forzado a decir cosas que no quería decir.

Explicación científica

La carta llegó incluso a las manos de Jorge VI; este ordenó un examen psiquiátrico. Los profesores concluyeron que las sospechas de Hess eran producto de la autosugestión y que, por ello, sus acusaciones eran infundadas.

Dictamen

Paralelamente se ordenó la elaboración de un dictamen pericial sobre los valores de personalidad de Hess. Los científicos hallaron que Hess se encontraba en un periodo infantil y que estaba rezagado en su desarrollo. También encontraron que sus habilidades mentales eran extremadamente limitadas y que, incluso, podía tratarse de un caso de discapacidad mental.

Diagnóstico remoto

Cuando esto ocurrió, se sugirió que también podría hacérsele un examen similar a su "jefe", Adolf Hitler. Y en aquel momento se probó científicamente lo que siempre se había supuesto, dejándolo de manera clara: ninguno de los jefes nazis podía contar hasta tres. Finalmente un resultado oficial.

Adivina

Hess y Hitler, de acuerdo a la prensa inglesa, tenían un pequeño detalle en común. Se dice que Hess consultó con una adivina sobre el mejor momento para emprender su viaje. Se dice que Hitler buscaba el consejo de una adivina antes de cada decisión. Yo no lo creo, pero eso es lo que dicen los periódicos.

Hitler, después de mandar a matar al genial polígrafo Hanussen por ser judío y por no decir siempre lo que él quería oír, tuvo que conformarse al final con una adivina común y corriente.

Abracadabra

Hitler fue supuestamente donde una adivina a consultar sobre el momento oportuno para su gran ataque sobre Londres. Y este coincidió con el momento que la adivina de Hess había señalado para su vuelo. Es posible que esta información sea una noticia falsa. Hitler informó a la adivina que quería atacar a la ciudad de Londres con 500 aviones.

Ella, en trance, empezó a decir: When the moon is in the seventh house.

> Veo 500 aviones en vuelo sobre Londres.
> And Jupiter aligns with Mars
> Sobre el agua, sobre el canal
> Luego, hocus pocus, oh oh oh.

Su declaración no es que fuera muy clara. Pero parece que él tuvo la impresión de que esta declaración presagiaba algo positivo. Se dice que Hitler ordenó la operación después de esto.

Conclusión

Hess, después de haber fracasado al enfrentarse a los parlamentarios, llegó a la conclusión de que su misión había fallado definitivamente y que debía quitarse la vida. Escribió una carta de despedida y se arrojó por las escaleras. Pero la caída no fue letal y solamente resultó gravemente herido.

Carta de despedida

Dejó una carta de despedida. Sobre su lápida debería inscribirse lo siguiente: "Ich hab's gewagt" (Me atreví). Así comienza un poema de Ulrich von Hutten. Con esto quería expresar que él, con este vuelo, lo había apostado todo a una sola carta, arriesgando incluso su propia vida. Que él no se arrepentía de ello, aunque la operación hubiera fracasado a causa de una traición. Consideraba que su deber consistía en ser leal a la patria y salvarla de la destrucción.

Ulrich von Hutten

Ich hab´s gewagt mit Sinnen,
Und trag des noch kein Reu,
Konnt ich auch nicht gewinnen,
noch muss man spüren Treu.[34]

Información confidencial

Todos los documentos y actas del caso Hess deben permanecer bajo llave hasta el 2041. Esto es: 100 años después

---

[34] *Me arriesgué, sintiéndolo,*
Y no lo lamento.
No podría haber ganado
Pero tenía que ser fiel.

de haber sucedido el evento. Es el período de espera más largo que existe para un evento como este. Debe haber algo que la opinión pública no puede saber todavía.

Explicación práctica

Todo el material que incrimina a Churchill ha sido dejado de lado. Eso está claro. El compartimento vacío seguirá bajo llave hasta el año 2041 porque se supone que en aquel momento, cuando se revelen los documentos, el escándalo sería relativamente pequeño. Claro, porque en ese momento nadie, aparte de algunos historiadores, sabrá quién era Hess; mientras que hoy todavía hay personas con vida que tienen recuerdos de la Segunda Guerra Mundial.

Agradecimiento

Houston concluyó la noche agradeciendo a Douglas y a Lizzy. Anunció que la noche siguiente, la sexta noche, se dedicaría a la campaña rusa. Y luego hubo una gran sorpresa.

Trompeta

Lizzy se había presentado hasta ahora como una pianista, pero no como cantante. Ahora ella quería, para cerrar la velada, interpretar una de sus canciones favoritas: "Summertime" de la Fitzgerald. La sorpresa, aún mayor, era que Douglas quería acompañarla con la trompeta, al igual que Louis Armstrong había acompañado alguna vez a la Fitzgerald. Ni siquiera sus mejores amigos sabían que él, un verdadero genio musical, no solo podía tocar guitarra y batería, sino también trompeta.

Fin de la primera parte